Paradis
(avant liquidation)

AU DIABLE VAUVERT

Julien Blanc-Gras

Paradis
(avant liquidation)

Du même auteur

GRINGOLAND, roman, *Au diable vauvert*, 2005
COMMENT DEVENIR UN DIEU VIVANT, roman, *Au diable vauvert*, 2008
TOURISTE, roman, *Au diable vauvert*, 2011

Ouvrage écrit avec le soutien du Centre national du livre.

ISBN : 978-2-84626-500-3

© Éditions Au diable vauvert, 2013

Au diable vauvert
www.audiable.com
La Laune 30600 Vauvert

Catalogue sur demande
contact@audiable.com

Une nation entière du Pacifique pourrait un jour déménager aux Fidji

Craignant que le changement climatique n'anéantisse l'intégralité de leur archipel, les dirigeants des Kiribati envisagent de recourir à un plan de sauvegarde extra-ordinaire : déplacer leur population aux Fidji.

Le président des Kiribati, Anote Tong, a déclaré vendredi à l'Associated Press que son cabinet avait avalisé le projet d'acheter environ 2400 hectares sur une île des Fidji. (…) « Nous espérons ne pas avoir à déplacer tout le monde sur cette île, mais si cela devenait absolument nécessaire, oui, nous le ferions. Ce ne serait pas pour moi personnellement, mais pour la génération à venir. Pour eux, déménager ne sera plus une question de choix. Ce sera une question de survie ».

Dépêche *Associated Press* (extrait), 9 mars 2012

Le bout du monde se cache plus loin que prévu. On m'avait appris que les antipodes se trouvaient aux alentours de la Nouvelle-Zélande et comme c'est exact, je m'étais empressé d'y croire. Arrivé à Auckland, j'ai tout de même dû emprunter deux avions supplémentaires avant d'apercevoir ma destination. Il faut croire que la géographie est une science mouvante.

Il est 6 heures du matin derrière ce hublot, j'émerge devant un champ de nuages toisant le Pacifique. Mon regard hésite à se poser, tiraillé par trop de splendeurs concurrentes. En face, il se fixe sur les ribambelles cotonneuses tendues vers l'horizon. Vers le bas, il guette l'apparition des atolls ponctuant la monotonie de l'océan.

— Tu vois les montagnes ?

Je fronce les sourcils, je ne suis pas assez réveillé pour saisir les subtilités de l'humour océanien. Mon voisin éclate de rire, se présente et me tend la main. Le steward, lui, me tend une bière. Il est un peu tôt pour s'imbiber. Nabby n'a pas ces scrupules et s'empare de la canette. Il a de bonnes raisons de fêter son retour aux Kiribati. C'est un marin qui passe sa vie à l'écart de ses latitudes d'origine ; il n'a pas vu son épouse et son fils depuis onze mois.

Nous descendons vers Tarawa, l'île capitale, un des trente-trois confettis qui composent cette nation éparpillée dans l'immensité. Curieuse capitale, qui s'étire sur une trentaine de kilomètres pour quelques hectomètres de large. Une étroite bande corallienne dépourvue de relief et assaillie par le mouvement perpétuel des vagues. Vue du ciel, sa fragilité saute aux yeux. C'est un grain de sable dans l'océan, une touche de vert égarée dans le bleu. Un minuscule éclat d'Éden cerné par l'infini.

— C'est vrai, ces histoires de montée du niveau de la mer ?

— Je reviens chaque année. Et chaque année, l'eau s'est rapprochée de ma maison.

Il y a des pays en voie de développement et des espèces en voie de disparition. La république des Kiribati est un pays en voie de disparition.

Un cas singulier, à contre-courant d'une époque où chaque secousse géopolitique peut accoucher d'un nouvel État. Il n'y a jamais eu autant de nations sur terre. Celle-là semble vouée à l'effacement. Non par scission ou absorption. On lui promet l'engloutissement.

J'ai organisé ma vie autour d'une ambition saugrenue, le quadrillage méthodique de la planète. Moteur : toujours voir un pays en plus. Ce qui se profile ici, c'est un pays en moins. Je dois m'y rendre avant qu'il ne soit rayé physiquement de la carte.

Sur le planisphère, le pauvre est à peine visible à l'œil nu. Sa surface terrestre ne couvre même pas celle d'un département français, mais on pourrait faire rentrer l'Inde dans son espace maritime. À la fois un des plus petits et un des plus grands pays. Je ne peux pas résister à cette aberration géographique. Ajoutons que l'équateur et la ligne de changement de date se croisent aux Kiribati. On est donc en droit de considérer qu'il s'agit du centre du monde.

De deux choses l'une. Soit le turquoise irréel du lagon a été retouché par ordinateur par un fabricant de cartes postales, soit Dieu existe et il était au sommet de son art dans sa période bleue. Les palmiers se penchent sur la plage, le ciel est immaculé, les hamacs semblent confortables et l'air conditionné de la voiture fonctionne. Plusieurs indices concordent, j'arrive au paradis.

L'aéroport international de Bonriki est un excellent modèle de désorganisation car il n'est international que deux ou trois fois par semaine, quand atterrissent les rares passerelles entre les Kiribati et le monde extérieur. Partant d'ici, il faut une petite heure pour atteindre l'autre bout de Tarawa-sud. Une succession quasi ininterrompue de villages bordant l'unique route, un enchevêtrement de maisons sur pilotis, de bâtiments en dur et de cabanes de palmes entassés les uns sur les autres. Beaucoup d'églises. La traversée de ce long faubourg fourmillant exige de slalomer entre les trous, les camionnettes bondées, les chiens errants et les enfants jouant sur la chaussée. Il faut également prendre garde aux cochons – j'y reviendrai.

Le paysage est parsemé d'épaves de voitures en décomposition accélérée et de containers vides attendant la rouille. Un cargo échoué s'effrite dans le lagon. Quelques canons témoignent du passage d'une guerre mondiale. L'ensemble dessine un spectacle d'apocalypse industrielle, ironique sur cette île qui n'a jamais connu d'industrie. On pourrait aussi penser à une installation d'art contemporain balnéaire, du land-art à l'échelle d'un pays.

Le mot « taxi » est l'un des plus universels qui soient. Je ne suis pas certain qu'il existe aux Kiribati. En tout cas, il n'y en avait pas à l'arrivée de l'avion. Un ingénieur canadien a bien voulu m'embarquer dans sa voiture, il pousse la gentillesse jusqu'à partager sa connaissance des lieux au fil de notre progression : « Nous passons actuellement sur le point culminant ». On ne perçoit pas la moindre élévation. « Il y avait un panneau pour signaler l'endroit, mais il a été volé. »

Mon conducteur me déroule ensuite la liste des quatorze restaurants du pays, il m'indiquera « ceux qui sont sûrs ». Je ne l'écoute que d'une oreille, occupé à contempler le lagon, dont la perfection réveille mes pulsions lyriques. Je suis à deux doigts de m'éjecter de la voiture, d'arracher mes vêtements et de courir vers l'eau en déclamant des sonnets à la gloire de l'insurpassable miracle esthétique de la nature. « N'y songe même pas. Le niveau de pollution est rédhibitoire. C'est l'infection assurée. À ce propos, voici l'hôpital. Si tu tombes malade, il ne faut surtout pas venir ici. Ton état empirerait. On est dans le pays d'Océanie le plus défavorisé en terme de santé. »

Il enchaîne sur une litanie des plaies sanitaires qui accablent la population. Je retiens que la lèpre cause encore quelques ravages. Plusieurs indices concordent. Il se peut, finalement, que j'arrive en enfer.

Je suis installé dans l'un des rares hôtels de Tarawa, celui qui sert de point de chute aux expatriés. Il se targue d'être le meilleur hébergement du pays ; le niveau de salubrité de ma chambre se révèle légèrement inférieur à celui d'un hôtel de passe de Barbès. Sol en linoléum gondolé, néon dégueulasse, robinetterie moisie et literie ornée de petites taches de sang – entre autres – dues aux divers insectes sévissant dans ce qui sera mon antre pour quelques semaines. L'hôtel fournit une serviette et du savon, sept cintres et une chaise en plastique couverte de traces non identifiées. Au rayon des points positifs, un grand lit, deux fenêtres et un frigo en état de marche, dans lequel je pourrais plonger ma tête en cas d'insolation.

On accède à mon palace par un escalier périlleux. Le seuil de la chambre offre une vue sur l'océan d'un côté et sur le lagon de l'autre. Aux Kiribati, on n'échappe pas à la mer. Dommage qu'on ne tienne pas plus d'une minute sur le palier. La chaleur, renforcée par l'humidité permanente, écrase le nouveau venu. Je comprends vite que le seul moyen de survivre sous ce climat pendant la journée consistera à rester nu dans ma tanière, collé à la climatisation. Deux mètres plus loin, à côté de la porte, c'est déjà la fournaise, le changement climatique immédiat. Entre 10 et 16 heures, impossible de s'agiter à l'extérieur. Il faut limiter ses mouvements. Boire régulièrement. Produire du sens en caleçon. C'est ainsi que ce livre sera écrit.

Pour le terrain, ce sera tôt le matin ou en fin d'après-midi. Je compte dresser le portrait de cette île qui s'enfonce. Sa taille m'autorise à envisager l'exhaustivité. J'ai bien l'intention de rencontrer le président et les pêcheurs. Fréquenter les élites et l'homme de la rue. Une expression qui prend ici toute son ampleur, dans la mesure où il n'y a qu'une seule rue.

Kiatoa Arieta est vêtu d'un simple lavalava, le paréo local. Il a le corps noueux et la peau burinée de ceux qui sont sortis en mer tous les jours de leur vie. Dans son cas, cela fait soixante-douze ans que ça dure, une longévité remarquable dans ce pays. Ses filets sèchent entre deux arbres, quelques poissons grillent devant sa maison coincée entre le lagon et les gaz d'échappement incessants des voitures qui frôlent sa parcelle.

Kiatoa me fait part de ses mésaventures. Il a perdu son bateau suite à une manœuvre aventureuse de son imbécile de gendre. C'est un drame pour un pêcheur pauvre, mais il a l'habitude de gérer l'adversité. Ses autres soucis sont moins circonstanciels. Il y a quelques années, devant la menace des vagues, Kiatoa a dû reculer sa cabane, quelques planches recouvertes d'un toit de palmes. C'est un avantage de la pauvreté, les habitations légères se déplacent facilement.

Chaque jour, il va chercher des pierres sur la plage côté océan. Il les trimballe jusqu'à son terrain, où elles viennent consolider la digue qui protège sa maison. Ici, on appelle ça des *seawalls* et ils font partie des incontournables de l'architecture locale. C'est la solution d'urgence pour lutter contre l'érosion qui, lentement et sûrement, grignote le rivage. Il a construit le sien tout seul au fil des années, avec ses mains. L'ouvrage n'est jamais terminé, le travail de sape des éléments ne lui permet pas le repos. Sisyphe en action sous l'épée de Damoclès du changement climatique. Le vieil homme ne se doute pas de sa portée mythologique. L'histoire de Kiatoa est banale à Tarawa. Demandez à tous les vieux qui vivent sur le lagon, on a perdu vingt mètres de terre en trente ans. Ce pays rétrécit.

Vu d'Europe, le changement climatique est une menace abstraite. C'est quelque chose qui va arriver. Ici, ça arrive. En périphérie du monde, les Kiribati se trouvent aux avant-postes des enjeux environnementaux. Ce pays sous-développé est en avance sur le reste de la planète. Comme lors du passage à l'an 2001, quand, du fait sa position géographique, il fut le premier à accueillir le nouveau millénaire.

À titre personnel, choisir ce sujet est, j'en suis persuadé, un mauvais choix stratégique. Difficile de trouver moins branché que les Kiribati. Qui s'intéressera à cet endroit encore plus éloigné que le bout du monde, dont le nom déclenche rarement autre chose qu'un « où ça ? » dans les conversations ? Soyons honnêtes, le changement climatique n'est pas une thématique sexy. Il vient de temps en temps remplir une case dans les journaux télévisés, celle de la prophétie anxiogène. La menace écologique globale stimule notre propension à l'indignation – salauds de pollueurs – et tenaille notre mauvaise conscience d'hyper-consommateurs – tiens, moi aussi je pollue. Elle active la culpabilité, posture en vogue dans un Occident travaillé à la fois par la honte de son passé colonial et par le masochisme hérité de sa culture chrétienne. On s'autoflagelle cinq minutes en songeant à la planète que nous laisserons à nos enfants, puis on va faire des courses. Tout bien pesé, je crois qu'on s'en fout. Autour des machines à café, on parle toujours de la météo, jamais du climat. C'est normal, les loyers sont intenables et nous n'aurons pas de retraite, alors il faut bien établir des priorités. Le futur, on verra ça demain.

Je dois toutefois me plier à l'évidence : je suis ici. Outre mon obstination à parcourir des contrées improbables, je dois avouer une certaine fascination pour le processus en cours, celle qui pousse le passant vers l'accident et le reporter vers les cadavres.

Comment vit-on en attendant une fin du monde programmée ? Comment aborde-t-on un désastre qui a le triste privilège d'être inédit ?

D'ordinaire, la catastrophe est instantanée. Un séisme ou un tsunami dévastent des contrées et brisent des destins en quelques secondes.

La catastrophe peut être cyclique telles la sécheresse, l'épidémie ou la famine.

Les Kiribati expérimentent la catastrophe au ralenti.

Le vieux Kiatoa ne se pose pas toutes ces questions. Il porte des pierres. Il survit.

« Les Gilbertais sont des Micronésiens : ils sont de taille moyenne, ont les cheveux raides et la peau brune. » Voilà ce qu'on peut lire dans un ouvrage qui fut le premier à proposer une histoire du pays racontée par ses habitants, peu avant l'indépendance de 1979.

En s'affranchissant de la tutelle britannique, les îles Gilbert sont devenues les Kiribati. Prononcer *ki-ri-bass*. Ses habitants se nomment I-Kiribati. Je suis un I-Matang, un esprit à la peau blanche. Comprendre : un étranger.

À cette description lapidaire de la physionomie indigène, j'ajouterai que la carcasse est épaisse, l'épaule robuste, le mollet solide, et la pilosité féminine éloignée de nos standards esthétiques occidentaux – on peut observer de belles barbes. Les femmes décorent parfois d'une fleur leur épaisse chevelure. Les hommes jeunes raffolent des nuques longues et autres queues-de-rat, qu'on ne déniche plus que dans les albums Panini des années 1980. Le lavalava est passé de mode, au profit de l'ensemble short-chemisette. Le port de la chaussure reste facultatif.

Autour de la place de Bairiki, on trouve quelques ministères décatis, une boutique de téléphonie, une banque néo-zélandaise, une bibliothèque poussiéreuse (une affiche d'information sur le changement climatique orne l'entrée), un complexe commercial (dénomination présomptueuse pour une dizaine de magasins mal achalandés), un marché de vêtements d'occasion importés d'Australie. Quelques échoppes de rue pour grappiller une banane, un beignet ou une bouteille d'eau. On peut y acheter des cigarettes à l'unité qu'on allumera avec le briquet attaché au comptoir par une ficelle. Voilà le centre de la capitale des Kiribati, pays dépourvu de cinémas, d'ascenseurs ou de caméras de vidéosurveillance.

La lenteur règne. La décontraction en vigueur apaise le visiteur ou taquine sa capacité de résistance à l'irritation, selon l'humeur. Dans la rue, on salue l'I-Matang d'un *mauri* spontané, le sourire coule de source et le rire s'enclenche facilement. Il arrive qu'on me remercie quand je prends quelqu'un en photo. En usant de généralités, on pourra affirmer qu'on rencontre aux Kiribati les gens les plus serviables et les moins efficaces du monde. On acceptera toujours de vous aider et on y parviendra rarement. Tout est facile, rien ne marche. C'est le charme et le drame de cette contrée.

Je saute dans un des mini-bus qui traversent l'île en permanence. C'est un bon moyen de partager les intimités, on n'a pas trop le choix quand trente personnes se tassent dans un véhicule prévu pour seize. Mon voisin tient sur ses genoux une bassine pleine des rougets qu'il vient de pêcher. Un enfant se cure le nez. Des femmes chuchotent à mon propos en pouffant. Le chauffeur augmente le volume de la musique, déjà trop élevé. Comme toujours sous les tropiques, c'est la basse qui compte. Une passagère chante à tue-tête sans que ça dérange personne. Ce serait même plutôt bien vu. Ici, on chante en roulant, en marchant, en travaillant. Ça va être compliqué de ne pas aimer ce pays.

Vivre à Tarawa, c'est se soumettre à une cure d'essentiel. On ne produit pas grand-chose sur place. Pendant des millénaires, les Gilbertais (ou Gilbertins ou Gilbertiens, personne n'est d'accord) se sont contentés de poisson et de noix de coco. On vit sur du sable et les séche-resses sont fréquentes, l'agriculture est réduite. Quelques arbres à pain, des bananes et des pandanus. La culture traditionnelle du taro, un tubercule, est quasiment abandonnée. On élève des poulets, qui finissent régulièrement sous les roues des voitures, et surtout des porcs qu'on attache aux arbres par la patte ; on ne peut pas se permettre de perdre un animal qui constitue une part considérable d'un capital familial.

Les estomacs dépendent des importations. On a intérêt à aimer le riz. Boîtes de conserve et sucreries ont supplanté le régime alimentaire de base, afin que le diabète puisse se développer dans les grosses largeurs. Fruits et légumes relèvent du luxe. J'ai cherché des tomates, en vain. J'ai aperçu une orange dans un magasin, elle m'a coûté 3,5 dollars australiens – la monnaie officielle. On peut consommer du bœuf importé à ses risques et périls, la notion de chaîne du froid ne résistant pas aux coupures d'électricité. Même le poisson est risqué, on découvrira pourquoi un peu plus loin. Et on le découvrira avec effroi.

En revanche, absurdité économique doublée d'une aberration écologique, on peut facilement se procurer des boîtes de thon et d'huile de coco importées, les deux seules denrées dont le pays regorge naturellement.

Quand les bateaux de ravitaillement débarquent au port, les rayons des magasins se remplissent, provoquant une ruée vers la nouveauté. La gestion des stocks n'étant pas optimale, les pénuries sont fréquentes. Même l'essentiel vient à manquer. À mon arrivée, il n'y avait pas de gaz depuis cinq semaines. Le sel, le sucre, le fuel font parfois défaut. Certains I-Matang gardent un souvenir angoissé de la crise du papier toilette qui a frappé l'île il y a quelques années. Ils se souviennent aussi du jour tragique où un bateau s'est trompé de destination, privant Tarawa de son approvisionnement en bière. Enfin, malgré une enquête assez poussée, je n'ai pas trouvé de Nutella.

Tarawa impose l'ascèse. C'est une école quotidienne du renoncement et de la patience, qualité dont ne manque pas ce peuple de pêcheurs.

Une vingtaine d'hommes suent sous le soleil. C'est la marée basse, ils progressent en file indienne, des sacs de sable et de ciment sur les épaules. Les sacs s'empilent sur un long mur aux fondations plantées dans l'eau. La marée haute imbibera le mélange qui durcira en séchant. Des ouvriers remplissent les sacs, d'autres boivent le thé avant de relayer les porteurs. On me propose une tasse, j'offre des cigarettes. La barrière de la langue est trop haute pour qu'on m'explique le chantier en cours. Avec le gilbertin, l'anglais est la langue officielle des Kiribati, mais tout le monde n'est pas allé assez longtemps à l'école pour le maîtriser.

Une créature gesticule, perchée sur le mur. Elle m'interpelle de loin, d'une voix puissante et éraillée. L'homme m'invite à le rejoindre. Je m'approche de ce curieux personnage, pas très haut mais d'une épaisseur distinctive, petit colosse dont le torse nu ruisselle sous l'effort. La cinquantaine, cheveux blancs et bouc hirsute. Dans un anglais parfait, Kaure se lance dans un exposé spontané de la situation :

« On ne construit pas une simple digue. Ce sera un terre-plein. Quand le mur sera terminé, on remplira la surface de sable et on la couvrira de béton. Sur la dalle, on bâtira une maneaba. » La maneaba, c'est la maison commune présente dans chaque village, le centre de la vie sociale, un chapiteau dont la toiture descend presque jusqu'au sol afin de préserver la fraîcheur.

Le chantier doit durer un an et tous ces gars travaillent bénévolement pour leur communauté. Ils s'activent à agrandir le pays en érigeant un barrage contre le Pacifique. La mer avance, les hommes essaient de lui rendre coup pour coup.

Nous sommes sur une pointe de Tarawa-sud, continuité terrestre qui est en réalité un chapelet d'îlots reliés par la route. Face à nous, Tarawa-nord n'est ni urbanisée, ni accessible en voiture. Un autre monde, à portée de vue et à des années-lumière d'ici. Entre les deux, le lagon prend la forme d'un L, ou d'une voile si on a l'imaginaire marin.

Dans ce lagon, Kaure pointe un petit banc de sable nu, à peine visible à la surface d'eau. « Ça, c'était Bikeman, une île verdoyante. Un endroit où on allait pique-niquer le week-end à l'ombre des arbres. Les adultes s'en souviennent. Elle figure sur les cartes, tu peux vérifier. » J'ai vérifié par la suite, j'ai même vu des photos des années 1980, quand Bikeman était vaste et luxuriante. « Tu te rends compte ? » Kaure tient son index en l'air et écarquille les yeux pour souligner son propos. « J'ai vu une île disparaître de mon vivant. »

Dans une première vie, elle était nonne. Claire Anterea a consacré dix ans de son existence à Dieu avant de changer de cap et de reverser son trop-plein d'énergie dans la cause climatique. Claire est une femme pressée, en mouvement permanent, toujours entre deux rendez-vous. Avec les jeunes catholiques de son ONG, elle court à travers le pays pour monter des ateliers touchant des milliers de personnes. « La population perçoit le changement climatique, elle en subit les effets au quotidien. Mais dans les îles lointaines, les gens n'ont pas accès à l'information, ils n'identifient pas les causes de leurs problèmes. » Alors Claire leur détaille les mécanismes globaux en cours. Les nations industrielles, dont les modes de vie sont basés sur les énergies carbonées, émettent des quantités intenables de gaz à effet de serre. L'atmosphère se réchauffe, la mer aussi, l'eau se dilate et les glaciers fondent. L'océan monte.

En 2007, le Groupe d'experts intergouvernemental sur l'évolution du climat, le fameux GIEC, prévoyait une hausse du niveau des océans établie entre 20 et 60 cm d'ici la fin du XXIe siècle. En attendant son prochain rapport officiel, la communauté scientifique internationale évoque désormais une fourchette de un à deux mètres. Peut-être plus. Les atolls des Gilbert culminent à peine à deux ou trois mètres d'altitude. Petit pays non industrialisé, les Kiribati ne produisent quasiment pas de gaz à effet de serre. Elles sont les premières à souffrir d'une situation dont elles ne sont pas responsables. « Le changement climatique est une injustice », répète Claire. « Nous coulons », ajoute-t-elle avec un petit rire. Ce n'est pas un rire joyeux, plutôt une ponctuation dans la fatalité.

Outre sa mission d'éducation locale, Claire assiste depuis des années aux conférences internationales sur l'environnement. Elle n'ira pas à la prochaine, découragée par les négociations interminables qui n'aboutissent à rien. Elle ne se laisse pas abattre pour autant. Cette femme est une force de la nature animée d'ambitions quichottesques. Bien qu'elle semble toujours au bord de l'épuisement, affaissée sous la charge de sa mission, l'éclat de son regard ne faiblit jamais. « Si la mer monte encore, les miens vont souffrir. Aussi longtemps que je vivrai, je me battrai pour inverser les émissions de gaz à effet de serre. Nous sommes ici sur la ligne de front. Un jour, le changement climatique affectera le monde entier. »

Si elle se sent plus utile dans l'action, Claire n'a pas abandonné la foi en quittant les ordres. « Dieu nous a donné la liberté de prendre soin du monde et je crois que les gens peuvent s'entraider. Je n'ai pas peur. Je suis pleine d'espoir. »

Ce pays risque de disparaître, Claire vient d'avoir un bébé.

Des femmes agitent des palmes devant leur glacière. Elles chassent les mouches attirées par les poissons que leurs hommes ont pêchés le matin. D'autres femmes jouent au bingo sous une maneaba. La grille coûte un dollar et peut rapporter quarante fois la mise. D'autres encore ramassent crabes et coquillages, courbées sur le plateau du lagon à marée basse. Des enfants peu vêtus s'amusent avec des pneus en guise de cerceaux. Des adolescents marquent des buts dans des cages en bois pas exactement rectangulaires.

Les scènes de la vie ordinaire défilent à travers les vitres du van. Kaure, mon pote du chantier, tient le volant. Le lendemain de notre rencontre, j'ai appelé son numéro de téléphone, composé de cinq chiffres. Il m'a donné rendez-vous et je suis monté dans son véhicule. Je ne sais pas vraiment où il m'emmène. De toute façon, on ne peut pas aller très loin.

Je m'étais trompé en pensant que la notion de taxi n'existait pas sur cette île. Il y en a un. Kaure a investi dans un mini-bus pour assurer sa retraite après une carrière dans l'enseignement. Il trimballe des officiels d'un bout à l'autre de l'île. Les affaires marchent bien, il est en situation de monopole.

Kaure se caractérise par sa très grande gueule. Il hèle quelqu'un tous les cent mètres, balance des vannes de sa voix de stentor, fait rire la foule et distribue des bonbons aux enfants. Avec sa démarche lourde et sa barbe blanche, il ferait un bon père Noël.

Il me promène en commentant l'humanité qui passe, insultant quelques passants à l'occasion. Tout le monde connaît Kaure, Kaure connaît tout le monde. « Lui, c'est untel, il fait ça, il vient de telle île. C'est un cousin. Lui, il conduit comme un pied, il est timide et pas très futé. Mais je l'adore, c'est mon neveu. » Kaure est apparenté à la moitié de l'île.

Je cherche des informations sur l'économie ? Sa nièce travaille au ministère des Finances, allons-y tout de suite.

Elle est absente.

Ses collègues promettent de m'envoyer des chiffres. Je laisse mon adresse en sachant que je ne les recevrai jamais. Peu importe, je connais déjà l'essentiel. Le PIB est l'un des plus bas du monde et la plupart des emplois réguliers sont fournis par le gouvernement. On est pauvre sans mourir de faim. Et ce que j'ai vu dans ce bureau m'en dit plus long que tous les rapports. Au ministère des Finances, les fonctionnaires travaillent pieds nus.

Kaure n'est pas un I-Kiribati typique. C'est un impulsif, un exubérant, dans une culture où la réserve est de mise. Certains prétendent qu'il est fou car son comportement dénote, avec sa tendance à s'emporter. Je vois simplement un type vif, en décalage avec la mollesse environnante. Il a plusieurs personnalités quand tant de gens n'en ont aucune. Ancien professeur. Ouvrier de construction bénévole. Taxi prenant en charge des piétons qui ne lui ont rien demandé, sans les faire payer. C'est aussi un comédien né, doté d'un humour peu courant dans les parages. « J'adore ce que tu fais », lance-t-il à la matrone vautrée dans son hamac en plein après-midi.

Kaure arrête le van devant le groupe de femmes qui dansent au son d'un poste saturé. On peut venir à n'importe quelle heure, elles sont toujours au bord de la route, se relayant pour se déhancher sur Boney M ou UB 40, sans mégoter sur les mouvements sexy. « C'est de la collecte de fonds pour l'église catholique. Elles ramassent jusqu'à 2 000 $ par mois », explique-t-il en versant son denier.

Peu après le péage du groove chrétien, nous nous garons sur le parking du parlement. C'est un ensemble de bâtiments en forme de voiles, construit par les Japonais sur un terre-plein conquis sur le lagon.

Kaure fait un signe de tête en direction d'une berline blanche.

— Ça, c'est la voiture du speaker du parlement.

— Comment tu le sais ?

— Regarde, il a fait graver SPEAKER sur sa plaque d'immatriculation.

Kaure convulse de rire, terrassé par la vanité des notables. Le bling-bling n'a pas de frontières.

Un énorme bloc de granit circulaire marque l'entrée du parlement. Ancré dans le sol, il représente une carte de l'océan Pacifique. Nous montons sur la planète. Un pied de chaque côté de l'équateur, je surplombe Tarawa et les îles Gilbert, le cœur occidental du pays. Kaure se tient au-dessus de Christmas Island – ou île Kiritimati – dans le groupe de la Ligne, à 3 300 kilomètres et trois fuseaux horaires d'ici. C'est le deuxième foyer de population des Kiribati. Il n'y a pas de liaison aérienne entre les deux îles principales. Pour rejoindre Christmas depuis Tarawa, il faut sortir du pays et passer par les Fidji. Imaginez un vol Paris-Marseille avec une escale à Varsovie. Entre ces deux groupes, la tectonique des plaques a fait émerger les îles Phoenix. Huit petits bouts de terre dont un seul, l'île de Canton, est habité. Elle compte 24 habitants qui ne doivent pas être gênés par le voisinage, perdus à 1 800 kilomètres d'ici. Le bout du monde se cache vraiment plus loin que prévu.

À la fin de la journée, j'ai l'impression de connaître Kaure depuis toujours. J'avoue que je redoute le moment où, comme cela arrive parfois, le guide sympathique présente une addition malhonnête, annihilant la sincérité de l'échange.

Kaure ne me demande rien.

Nous avons roulé soixante bons kilomètres, je propose de payer le plein d'essence. Il hausse les épaules. « Bienvenue aux Kiribati. »

« Tarawa, pour eux, c'est New York. » C'est Kaure l'auteur de cette formule. « Eux », ce sont les Gilbertais des îles extérieures. Elles s'appellent Abaiang, Abemama, Beru, Butaritari, Maiana, Marakei ou Nonouti. Elles comptent quelques milliers d'habitants au mode de vie rudimentaire, attirés par les lumières pourtant pâlottes de la capitale. Ils viennent y tenter leur chance, débarquent sans emploi, échouent dans la cabane d'un vague parent, s'entassent où ils peuvent sur des parcelles de quelques mètres carrés.

Où ils peuvent, c'est souvent à Betio, un îlot situé à l'extrémité de Tarawa-sud auquel on accède par une route survolant la mer sur un bon kilomètre. C'est là que se trouve le port.

À Betio, il y a plus de magasins, plus de bars mal famés, plus de gens qu'ailleurs. C'est un amas de taudis insalubres, un désastre social, un nid à épidémie.

À cet exode rural s'ajoute une natalité explosive, plus de quatre enfants par femme, encouragée par la religion catholique majoritaire. Tarawa est peuplée de gamins, on attend un doublement de la population en deux décennies. Malgré ses ressources limitées, elle accueille plus de 50 000 habitants, la moitié du pays sur 16 km². La densité est intenable, la pression démographique pousse à la construction sur des rivages déjà fragiles.

À l'époque coloniale, il fallait une autorisation pour déménager d'une île à l'autre. Aujourd'hui, en démocratie, on ne peut pas empêcher les gens de se déplacer librement. Tarawa doit être un des seuls endroits au monde à souffrir à la fois de l'isolement et de la surpopulation. Une galère malthusienne en train de sombrer sous le poids de ses habitants.

L'aube est ponctuelle. Privilège équatorial, le soleil va et vient selon un rythme immuable. Un jour de décembre ne se distingue guère d'un jour de juin. Chez nous, il n'y a plus de saisons. Ici, il n'y en a jamais eu.

Chaque matin, je me précipite pour humer les embruns et assister au réveil de l'océan. L'horizon est à sa place, fidèle point de fuite d'une pyrotechnie quotidienne valant son pesant d'alexandrins.

Sur la plage, espacés de quelques mètres, trois hommes accroupis se soulagent de leur fardeau intestinal, façon polie de dire qu'ils chient sur la carte postale, ce qui, on en conviendra, ruine la portée poétique de l'instant.

On est au-delà de l'anecdote scatologique. Ils sont des milliers, tous les jours, à faire la même chose sur une surface réduite. Il n'y a pas de toilettes dans une cabane de tôle. Le décor semble paradisiaque, mais les plages sont des décharges où s'accumulent la merde et les détritus en tout genre, car le traitement des déchets est embryonnaire. Le niveau de contamination du lagon promet l'infection au baigneur imprudent. C'est pour ça qu'il faut se méfier des poissons, souvent impropres à la consommation. De toute façon, il y en a de moins en moins à cause des pêches excessives. Pareil pour le corail, qui souffre de la pollution et des hausses de température. Et sans la protection du récif, l'érosion progresse.

« Visitez les Kiribati avant leur disparition. »

J'ai proposé mon slogan à Iataake King, le chargé du développement à l'office du tourisme. Ça l'amuse. Il ne changera pas pour autant l'accroche officielle : *Kiribati, for travellers, not for tourists.* On peut trouver étrange qu'un office du tourisme annonce « Pas pour les touristes » sur son site internet, mais ils n'ont pas grand-chose à perdre. Il n'y a pas de touristes à Tarawa. J'en ai croisé deux en un mois. Un Japonais que Kaure a fait monter de force dans son taxi et dont il a refusé l'argent. Et Raymond, un septuagénaire tourangeau amoureux du Pacifique. Ces deux-là restaient seulement trois jours. Des chasseurs de visas soucieux de visiter un maximum de pays – je ne suis donc pas le seul géonévropathe. Les autres I-Matang atterrissent ici pour raisons professionnelles. Dans le *Lonely Planet* du Pacifique Sud, on parle des Tonga, des Samoa et des Salomon, pas des Kiribati. Ce pays n'existe pas sur la carte touristique du monde.

Tarawa présente un indéniable intérêt, mais personne ne sait où c'est. Trop loin, trop cher, rien à faire. Iataake souhaiterait promouvoir les activités de niche pour CSP +, comme la pêche au gros, la plongée ou l'observation ornithologique. « Hélas, le changement climatique et ses dégâts affectent notre potentiel touristique », constate-t-il en chassant de son bureau une araignée grosse comme un ours. Il pourrait ajouter que les plages sont minées par des quantités considérables d'excréments, une donnée qui ne favorise pas le développement des infrastructures.

Si Tarawa ne bénéficie pas d'une manne financière touristique, elle jouit d'une certaine tranquillité. Dans les pays pauvres, l'afflux de vacanciers garnis en dollars engendre d'inévitables dommages collatéraux, la mendicité en tête. Ici, on ne me demande jamais rien. Un jour que j'achetais une boisson dans une échoppe, un enfant crasseux m'a tiré par la manche.

D'ordinaire, le geste signifie « donne-moi une pièce ». Le gamin m'a tendu le dollar que je venais de laisser tomber. Merci mon petit gars. J'ai bien pensé à te le laisser pour ta bonne action spontanée. Je me suis abstenu de peur que ça te donne l'idée d'aller gratter les I-Matang à l'avenir. Tu vaux mieux que ça.

Je vais me transformer en flaque si je reste une minute de plus dans ce bureau. « Hé oui, le réparateur a emporté la climatisation et ne l'a jamais rapportée. Il l'a revendue. » Ueretan Bauro hausse les sourcils. C'est un tic d'expression corporelle courant qui nécessite quelques semaines de décryptage. Il peut signifier, en fonction des situations, « oui », « non », « peut-être », « je ne sais pas » ou « tant pis ». Ueretan est journaliste à Radio Kiribati, la station gouvernementale. Son bureau : une chaise défoncée, une table, un PC portable antédiluvien, une étagère où reposent un micro, un tube de dentifrice vide et rien d'autre. Au mur, un panneau de liège. Un seul papier y est épinglé, le planning de février. On est en septembre.

Avec ses moyens limités, la station réussit à produire quelques flashs quotidiens en gilbertin et en anglais, qui permettent aux îles extérieures de rester en contact avec la vie de la capitale. Pour les nouvelles internationales, les journalistes reprennent des dépêches glanées sur l'internet le plus lent, le plus irrégulier et le plus cher du monde.

« Quand il pleut, Internet ne marche pas très bien », m'a prévenu la réceptionniste de l'hôtel (haussement de sourcils). L'envoi d'un simple e-mail peut prendre quelques minutes. L'état des connexions rend impossible le visionnage de la moindre scène pornographique, même par temps clair (soucieux de vérifier les informations contenues dans ce livre, je me suis vu contraint de faire le test).

Certains pays sont passés au mobile sans avoir connu la téléphonie filaire. Les Kiribati ont connu internet avant la télé. Tarawa est connectée depuis 2000. Une chaîne locale, Kiribati TV, émet quelques heures par jour depuis 2004, se contentant souvent de diffuser CNN. Pour faire simple, personne ne la regarde. Car pour regarder la télé, il faut un téléviseur.

Nos personnalités sont façonnées par une accumulation de perceptions médiatiques. Pas à Tarawa, où l'on ne reçoit qu'une écume du monde contemporain. Ainsi, il n'est pas rare de rencontrer des personnes pour lesquels les termes « Lionel Messi » ou « Lady Gaga » ne signifient rien.

Nous sommes dans une zone oubliée de la société du spectacle.

Le Captain's est le seul établissement qui puisse prétendre à l'appellation de « bar », ce qui ne garantit pas la présence d'un plancher. C'est une paillote agréable au crépuscule, avec de la bière fraîche et une vue sur le lagon. Le repaire des expatriés et des I-Kiribati qui souhaitent discuter en buvant quelques verres. Les autres rades sont plutôt destinés aux bourrins qui se saoulent le plus vite possible avant de se cogner dessus.

— Cannibales ? Sérieusement ? Tu trouves que j'ai une tête de cannibale ?

Le client est remonté et les quelques grammes d'alcool que contient son sang ne contribuent pas à l'apaiser. C'est un instituteur en colère contre un livre qu'il n'a pas lu et dont le titre lui déplaît. *La vie sexuelle des cannibales* de J. Maarten Troost, un écrivain américain qui dresse un portrait drôle, féroce et tendre de la vie à Tarawa en 1998. On ne peut pas dire que tout le monde ait apprécié son point de vue, l'ironie occidentale ne passant pas toujours sous ces latitudes. Le titre, provocateur, est pourtant survendu : il n'y est pas vraiment question de sexe, ni de cannibalisme. Ni de changement climatique. Toujours est-il que l'écrivain de passage peut susciter quelque méfiance.

Claire, l'ex-nonne, a elle aussi connu des déconvenues avec ses visiteurs. Elle accueille souvent des journalistes étrangers, leur servant gracieusement d'intermédiaire et d'interprète. Elle a eu affaire à une équipe de télévision française qui la suivait dans ses activités. « On vous enverra le film », ont promis les journalistes. Elle n'a jamais rien reçu. Précisons que les services postaux des Kiribati ne sont pas un modèle d'efficacité. À leur décharge, c'est un pays sans adresse. Pour indiquer un emplacement, il faudra dire, par exemple, « la maison blanche au bout du chemin juste après le garage Toyota à Teoraereke quand on vient de Bairiki, côté océan ».

Claire garde un souvenir amer d'un documentaire néo-zélandais. « Ils ont diffusé un plan de quelqu'un en train de déféquer dans le lagon, une image volée au zoom. Ce n'est pas respectueux. Ça fait du mal à la communauté I-Kiribati en Nouvelle-Zélande. À l'école, les enfants sont la risée de leurs camarades. » J'entends le sous-texte : « Tu es le bienvenu mais ne déconne pas. »

Quand une nouvelle tête débarque à Tarawa, le jeu consiste à deviner la raison de sa présence. On s'imagine parfois que je suis en mission pour la Banque mondiale. L'institution est omniprésente. Impliquée dans les projets de développement (route, aéroport, adaptation climatique), elle arrose le pays en millions de dollars tout en tentant de lui appliquer ses protocoles de management. Je ne pensais pas avoir une allure de technocrate, mais le quiproquo est compréhensible car le port généralisé de la tong aplanit les dress-codes en vigueur sur le reste de la planète.

J'ai choisi de jouer cartes sur table. On me demande vingt fois par jour ce qui m'amène, je ne veux pas mentir en permanence. Je suis écrivain, je suis journaliste, je suis ici pour capter des fragments de ce pays et en faire des paragraphes. À vous de voir si vous me faites confiance.

Avant de pousser la porte du magasin de téléphonie, je me recoiffe dans le rétroviseur d'une voiture. Petit réflexe narcissique incontrôlé. Une voix éraillée surgit dans mon dos :

— T'es sûr que t'as pas oublié une mèche ?

Kaure me vanne, ça doit vouloir dire que nous devenons amis. Il sillonne l'île en permanence, tel un hamster dans sa cage. Comme je sillonne aussi, nous nous croisons quasiment tous les jours.

Kaure est enchanté, presque flatté, que je sois venu de si loin pour écrire sur son pays. Il m'embarque dans son van et nous filons à l'école King George V, où son épouse vient de terminer sa journée. « Avec Terengaiti, nous en sommes à vingt-cinq ans de mariage heureux. C'est elle le cerveau de notre couple. Le taxi, c'est son idée. » Elle a l'air épuisée, dur de déterminer si c'est à cause de son travail ou d'un quart de siècle passé aux côtés de Kaure, qui cesse rarement de parler. Ce soir, il raconte sa vie.

Il est né sur l'île de Maiana et a passé une partie de son enfance à Nauru, où son père travaillait dans le phosphate. Il a profité de ses études aux Fidji et à Auckland pour faire des conneries. « J'étais en pharmacie, j'ai bu de l'éthanol et je me suis fait virer. Tu sais ce que c'est, j'étais jeune et stupide. » Terengaiti et Kaure ont vécu un temps à Hawaï, où sont nés deux de leurs trois enfants, qui ont un passeport américain. C'est un couple de grands voyageurs à l'échelle de ce pays et leurs horizons s'en trouvent élargis. Par exemple, je ne m'attendais pas au tour épistémologique que prend la discussion, quand Kaure évoque Jean Piaget et son apport aux théories cognitives.

Tout en parlant, ils ont préparé le dîner dans la salle de classe. Kaure ne boit pas et ne fume pas, mais il est aussi gourmand que sa physionomie le laisse supposer. Il attend que sa femme ait le dos tourné pour se resservir goulûment, entre malice et culpabilité. Avant d'entamer le repas, il a récité son bénédicité : « Merci Seigneur pour cette nourriture. Protégez notre ami Julien, sa famille et ses proches. Faites qu'il apprécie son séjour chez nous et que son livre soit un succès. »

Amen.

Il y a longtemps, très longtemps, vivait Nareau. Le Nareau en question est un dieu-araignée doué de facultés humaines. Ses origines ne sont pas bien établies, mais d'après la mythologie locale, il s'agit du créateur du monde, rien de moins. Au départ, c'est un dilettante qui flotte dans l'espace, seul et assoupi. Jusqu'au jour où il entend une voix : « Nareau, pourquoi restes-tu ainsi allongé à ne rien faire ? » Imaginez sa surprise. Vous êtes un dieu-araignée, la vie est belle, vous piquez une petite sieste dans un hamac cosmique et on vient remettre en cause votre productivité. Nareau se réveille, bâille, étire ses jambes et jette un coup d'œil au-dessous de lui. Il constate qu'une entité se promène dans les airs. Je vous le donne en mille : c'est Te Bomatemaki, la Terre et le Ciel scellés.

Suivent bien des péripéties, que je me permets d'accélérer : Nareau sépare la Terre et le Ciel, invente les points cardinaux et la lumière. À ce moment-là, plus personne ne songe à questionner sa productivité. Puis un autre Nareau (pas le créateur, Nareau le sage) tue son père (drôle de conception de la sagesse) et lui arrache les yeux. Il jette l'œil droit dans le ciel, le soleil est né. Avec le gauche, apparition de la lune. Il continue de démembrer le cadavre paternel pour créer les vents, sème des îles en décortiquant sa colonne vertébrale. Ne sachant que faire des intestins, il les lance en l'air (on comprend mieux pourquoi le tri sélectif a du mal à rentrer dans les mœurs). En retombant, les intestins se transforment en humains. Un esprit nommé Baretoka décide alors de migrer avec sa pirogue, qui en s'ancrant au milieu de l'océan forme une terre recourbée qu'on ne tardera pas à appeler Tarawa.

Voilà pour la cosmogonie. Laissons l'histoire prendre le relais.

Il y a longtemps, très longtemps, quelque part sur les îles de ce que nous appelons aujourd'hui l'Indonésie, des hommes ont décidé d'aller voir ailleurs s'ils y étaient. Ils ont embarqué des victuailles sur leur grande pirogue et ont vogué vers le Levant. Peut-être ont-ils été chassés par des guerres de territoire ou par la faim. Peut-être étaient-ils un peu poètes et cette vaste étendue mystérieuse faisait-elle tinter en eux l'appel du large et l'esprit de conquête. Partis de loin, ils ont dû se glisser dans les courants, dompter l'océan et progresser d'archipel en archipel au fil des siècles. Les grandes îles montagneuses du Pacifique Ouest ont été colonisées les premières. Les petits îlots coralliens, invisibles à l'horizon, ont connu l'homme plus tardivement. Combien de marins antiques ont-ils erré sans fin pour se perdre dans des voies maritimes sans issue ?

Ça s'est passé comme ça, à peu près. Les datations sont imprécises, l'absence de sources écrites et la rareté des vestiges archéologiques compliquent le travail des chercheurs qui doivent recourir à la linguistique ou à l'ethno-botanique pour recomposer les détails d'une des plus grandes odyssées de l'histoire humaine. On sait une chose : à l'époque d'Homère, il y avait déjà du monde sur les îles Gilbert.

Toakai Teitoi fait les gros titres. Il vient d'être retrouvé par un navire dans les environs de Nauru après avoir dérivé pendant quinze semaines en mer. Toakai, un policier, était parti de Tarawa sur sa barque pour rejoindre son île de Maiana avec son beau-frère. Deux heures de trajet en temps normal. Seulement, ils se sont endormis. Au réveil, ils étaient perdus dans le Pacifique, à court d'essence. Le beau-frère, plus âgé, est mort au bout d'un mois. Toakai a survécu en se nourrissant de poisson et en buvant de l'eau de pluie. « Quand l'équipage l'a hissé à bord et lui a demandé ce dont il avait besoin, il a répondu : une cigarette », racontent ses sauveteurs, des pêcheurs des îles Marshall. L'anecdote a bien fait rire à Tarawa. Sacré Toakai.

Le miraculé a précisé les circonstances de son salut. Un requin tournait autour de sa barque. Le poisson cognait du nez contre la coque, comme pour lui signifier quelque chose. Toakai a décidé de suivre le squale qui l'a mené jusqu'au bateau salvateur. L'histoire ne paraît pas invraisemblable parce qu'il se trouve que l'un des ancêtres de Toakai est un requin. Voilà qui est bien commode. Avant de prendre la mer, il est donc prudent de parcourir votre arbre généalogique. Si par chance il y a un cétacé, un gros poisson, voire un poulpe parmi vos aïeux, vous pouvez partir tranquille.

Les histoires de naufrages font partie du folklore kiribatien. Une ligne du budget gouvernemental est dédiée au rapatriement des égarés. Les îles, minuscules et éloignées, sont faciles à rater. On compte une bonne vingtaine de disparitions chaque année. Le piètre état des bateaux, l'absence de moyens de communication ainsi qu'une certaine inconscience participent de ce bilan. À l'instar de Toakai, tous les naufragés ne périssent pas. Leur aptitude à la survie en mer est sûrement sans égale ; souvenons-nous que leurs ancêtres sont venus d'Indonésie en pirogue.

Les récits héroïques abondent, sans qu'il soit toujours possible de vérifier leur authenticité. Le record de survie en mer attesté date de 1992, quand deux pêcheurs ont survécu 177 jours abandonnés aux flots.

On m'a aussi parlé de naufragés qui auraient dérivé, sains et saufs, jusqu'au Chili. Le même épisode, entendu ailleurs, aboutit au Panama. Encore mieux : trois adolescents échouent en Nouvelle-Guinée et sont recueillis par un homme qui parle gilbertin ; c'est un I-Kiribati ayant lui-même échoué ici vingt ans plus tôt et qui n'a jamais pu revenir au pays. Cerise sur le gâteau de cette histoire trop belle pour être vraie : le Robinson en question se trouve être l'oncle de l'un des adolescents.

Ces exploits maritimes permettent d'exprimer une certaine fierté. Ce n'est pas négligeable car les raisons d'être fier ne sont pas légion pour cette nation qui souffre du complexe de l'isolé, consciente de l'existence lointaine d'un monde où d'autres êtres humains réalisent des prouesses technologiques défiant l'imagination. Nous, aux Kiribati, on ne construit pas de gratte-ciel mais on connaît la mer comme personne.

Les échanges entre les îles ont toujours été monnaie courante et on peut se demander ce qui poussait les Gilbertais, tranquillement installés sur leur éden, à prendre le risque de s'embarquer en mer. Leur motif coule de source, c'est celui qui, depuis l'aurore de l'humanité, incite les hommes à entreprendre et à se dépasser : le sexe. Au sein de ces populations réduites, il faut quitter son *kaainga*, son clan familial, et donc souvent son île, pour se marier et se reproduire. Sont considérées comme incestueuses les relations entre personnes pouvant se souvenir d'un ancêtre commun. Le système est bien plus strict qu'en France, où il est légal d'épouser un cousin germain. C'est pourquoi les I-Kiribati sont férus de généalogie. Cela permet de savoir avec qui on peut fricoter. Par exemple, Toakai le naufragé ne peut pas se marier avec un requin.

Ce tabou a empêché les Gilbertais de devenir des débiles consanguins.

Génie des Kiribati, une culture homogène s'est maintenue en dépit de la dispersion géographique. Les motifs des danses se recoupent d'une île à l'autre. Au Vanuatu voisin, les 230 000 habitants se débrouillent pour pratiquer 110 idiomes différents, sans intercompréhension. Aux Kiribati, on parle la même langue à des milliers de kilomètres de distance.

La société traditionnelle a ainsi perduré au fil des siècles, sans chambardements aristotéliciens particuliers. La vie suivait son cours. On se nourrissait de noix de coco et de poisson entre deux guerres de clan, les femmes portaient de jolis pagnes en palmes, les hommes paradaient avec des épées en dents de requin. On mourait jeune et tout allait bien.

Puis dans les années 1830 vinrent des bateaux si grands que les Gilbertais les prirent d'abord pour des êtres vivants. D'étranges créatures en surgirent. Arrivées à terre, elles enlevèrent une couche de leur peau. Leur chair était blanche. Elles se jetèrent à l'eau pour se frotter avec une matière produisant de la mousse. Passé le choc consécutif à la découverte de l'existence du tissu, du savon et d'hommes aussi pâles, le contact s'établit via quelques escarmouches. Puis vint le temps des échanges. Les baleiniers européens proposaient du fer, de la verroterie et d'autres surprises comme le tabac, l'alcool, les armes à feu et de nouvelles maladies vénériennes. Les insulaires eux, disposaient de denrées alimentaires et sexuelles réjouissant les marins affamés. Les faveurs d'une femme se monnayaient contre un bâton de tabac, ce qui montre bien que les Gilbertais n'ont jamais été des champions du business. Peu leur importait, ils disposaient désormais de lampes à huile et d'allumettes, pouvaient manger du corned-beef et du riz. L'argent fut introduit. Le commerce se développa, autour des ailerons de requin et surtout du coprah, produit du cocotier utilisé dans les cosmétiques. Des négociants américains, chinois, allemands, néo-zélandais s'installèrent de manière permanente. Premiers pas tardifs dans la mondialisation, au XIXᵉ siècle après Jésus-Christ. Les indigènes ignoraient le calendrier car ils n'avaient jamais entendu parler de Jésus-Christ. Ça ne pouvait pas durer.

Après les baleiniers et les commerçants, des missionnaires anglais, américains ou français vinrent conquérir ces âmes égarées et ces corps dénudés. Pour leur donner accès à la Bible, ils s'employèrent à alphabétiser les sauvages délaissés par Dieu sur les bords du monde – un oubli, sans doute. De nos jours, la route de Tarawa est jalonnée de lieux de culte. On est au paradis, il ne faut pas s'étonner que Dieu soit omniprésent. L'église catholique et la Kiribati protestant church se répartissent l'essentiel des croyants. Pentecôtistes, mormons, bahaïs et autres adventistes du septième jour, à l'implantation plus récente, font des percées significatives sur le marché de la conscience. La religion structure l'organisation sociale mais un siècle de christianisme n'efface pas des millénaires de croyances ancestrales, ce qui donne lieu à un syncrétisme savoureux.

La presse locale – trois feuilles de chou A4 photocopiées – se plaît à relater des histoires de fantômes qui passionnent les lecteurs. « Tout le monde sait qu'il y a la bonne et la mauvaise magie. J'ai vu des gens guérir des blessures en soufflant dessus et en prononçant une formule.

À Butaritari, les gens peuvent jeter des sorts pour tuer leurs rivaux. » Ce n'est pas un pêcheur illettré qui me tient ce discours. C'est Claire, l'ancienne nonne reconvertie dans la diplomatie climatique, une femme brillante, moderne et cultivée. Son cas n'est pas unique parmi les élites diplômées. Pour preuve, cette conversation avec Iataake, à l'office du tourisme.

— Vous croyez à ces histoires de magie ?

— Bien sûr.

— Vous savez que pour nous, les Occidentaux, c'est dur à comprendre.

— Oui, bien sûr c'est normal que vous n'y croyiez pas. Il faut le voir pour le croire.

Je suis européen, je descends de saint Thomas d'Aquin et de Descartes, j'ai beau contorsionner mon cerveau pour décentrer mon point de vue, je n'arrive pas à concevoir que les habitants de Maiana puissent contrôler la pluie (pardon, mais si c'était le cas, ces problèmes de changements climatiques seraient vite expédiés). C'est pourtant grâce à cette magie qu'il ne pleut jamais le jour de la fête nationale, paraît-il. Les terre à terre estiment que c'est plutôt lié au fait que les festivités ont lieu pendant la saison sèche.

Atanroi Baiteke ne se lève pas pour me saluer et je ne lui en tiens pas rigueur car il est unijambiste. Le vieillard aux cheveux poivre et sel trône dans son salon, assis sur un matelas aux côtés de son épouse, dans un fatras de livres, de coussins et de babioles. Il porte un short bleu marine fermé par une ceinture Lacoste, son torse est nu, son ventre proéminent. Claire m'a incité à consulter cet ancien qu'elle me présente comme une grande conscience et une mémoire culturelle du pays.

Arrivé à l'improviste chez Atanroi, j'explique l'objet de ma visite. Je veux discuter. Il m'ausculte quelques secondes à travers ses épaisses lunettes et fait un geste pour m'inviter à m'asseoir, avant de dérouler un cv bien rempli.

Ses parents coupaient le coprah, il a fini officier de l'Empire britannique. Il a été l'ambassadeur des Kiribati aux USA, au Royaume-Uni, en Australie et au Japon. L'homme a voyagé, beaucoup. Il a vu les Pygmées et les Zoulous, la tour de Pise et la muraille de Chine.

Je n'ai pas besoin de poser de questions, son discours chemine par associations d'idées. L'élocution est lente, claire, précise, ponctuée de longs silences qui ne sont jamais gênants. Son cerveau respire. J'en profite pour observer la décoration. Au mur, une banderole *Jesus loves you* et les diplômes encadrés de ses petits-enfants.

Sa marotte, ce sont les correspondances anthropologiques. « J'ai visité la Vallée des Rois. Dans l'ancienne Égypte, le dieu-soleil était nommé Ra. C'est aussi le nom que nous donnons au soleil dans notre langue. »

Atanroi est un ami des arts. Il sculpte et compose des airs pour l'église, joue de la trompette et du ukulélé. « Dans notre musique, on trouve des résonances avec d'autres sonorités océaniennes bien sûr, mais aussi orientales. Je m'en suis rendu compte en écoutant un muezzin dans une mosquée. » Atanroi s'empare d'une flûte pour illustrer son propos, me renvoyant à de douloureux souvenirs de collège. Cet homme s'extasie sur les fondations communes de l'humanité : « Nous, I-Kiribati, sommes venus de quelque part, il y a très longtemps. Toi et moi, nous avons les mêmes ancêtres. »

Je suis sous le charme. J'ai déniché mon vieux sage, je suis en train de sympathiser avec le Bouddha local, il va m'inonder de sa vérité. C'est alors que survient le drame, au détour d'une anecdote.

Fervent catholique, Atanroi s'est rendu à Lourdes et en a rapporté de l'eau bénite. Ça tombait bien, ses voisins étaient embêtés par des bruits de fantômes autour de leur maison. C'était très désagréable. Atanroi leur a cédé un peu de sa potion. La méthodologie est assez simple : il faut se munir d'un seau d'eau profane, la couper avec quelques gouttes d'eau bénite et éparpiller le mélange autour de l'habitation pour dessiner un cercle de protection. Les fantômes n'ont pas demandé leur reste. Ils ont déguerpi dans la nuit, les couards. « Cette eau de Lourdes est incroyablement puissante », conclut mon Bouddha. Perplexité. En un seul homme peuvent donc cohabiter une belle hauteur de vue et des superstitions grossières.

Silence.

« Tu sais, il y avait des gens sur cette île avant la naissance du Christ (sa femme lui administre une claque dans le dos pour chasser un insecte). À cette époque, la mer était deux ou trois mètres en dessous de son niveau actuel. Peut-être que dans cinquante ans, nous serons sous l'eau. » Je n'ai pas amené le sujet, il vient tout seul. « On doit tous disparaître. En attendant, nous vivons pour apprécier la vie. Nous aurions pu rester en Angleterre, mais nous sommes finalement revenus. Il faut naître et mourir dans son pays. »

Mourir dans son pays, c'est facile à dire quand on est vieux. Ses petits-enfants n'auront peut-être pas cette possibilité.

Des centaines de femmes vêtues de tuniques orange avancent en procession avant de s'engouffrer dans une église sans banc. C'est la journée des femmes catholiques. Certaines s'allument une cigarette, un geste qui me surprend tant sont nombreux les pays où la consommation de tabac est incompatible avec le statut de femme respectable. Après la messe, le cortège se déplace vers la maneaba voisine, où vont se dérouler les concours de chant et de danse opposant les différentes paroisses. L'affaire est sérieuse. Parce qu'on ne rigole pas avec la tradition. Parce que dans une culture orale, l'expression corporelle et musicale est un véhicule fondamental de transmission de l'identité. Et parce qu'il n'y a pas de raison que l'esprit de clocher n'ait pas cours en Micronésie. Temps forts de l'année, les concours opposant les différents ministères suscitent des rumeurs malveillantes. On parle de corruption ou de favoritisme sexuel. D'après les ragots, certains auraient même le culot d'utiliser la magie pour influencer les juges, alors que c'est strictement interdit par le règlement.

J'assiste à la mise en place de la cérémonie, en retrait, soucieux de ne pas perturber la tradition. Rien ne sert de se cacher, je suis l'étranger, on me débusque pour m'inviter aux places d'honneur. J'ai droit à une chaise au premier rang, en compagnie des officiels, et je ne peux refuser la couronne de fleurs dont on m'affuble. Je viens d'être catapulté membre du jury.

Un essaim de jeunes filles assises par terre entame un chant sous la direction de la chef de chœur, une polyphonie complexe et puissante, très aiguë, qui me transporte dans un tableau de Gauguin. On sent le travail ciselé et les heures de répétition. Suivent de lentes chorégraphies soigneusement codifiées alternant jeux de mains tournoyants et frémissement de hanches dodues, hanches partiellement dévoilées par les interstices des pagnes. Aucune femme ne porte ces costumes dans le civil.

Ces prestations sont charmantes quoique entrecoupées de discours interminables. Depuis ma place d'honneur, il est délicat de m'éclipser pendant l'allocution de la femme du président de la République, sûrement passionnante mais prononcée dans une langue qui m'est inaccessible. Tout le monde bâille, engourdi par la chaleur. Une bonne sœur septuagénaire envoie des sms. La chorale attaque une version locale de *Frère Jacques*, je m'enfuis.

Après l'arrivée des Européens, il aura suffi de quelques années pour que les îles Gilbert soient ravagées par l'alcoolisme. Bagarres et luttes de clans freinent le commerce du coprah, l'anarchie guette. Les Anglais décident de remettre un peu d'ordre dans tout ça en plantant un drapeau. Les trafics d'armes à feu et d'alcool sont prohibés avec l'établissement du protectorat en 1892. Huit ans plus tard commence l'extraction du phosphate sur l'île de Banaba. L'administration anglaise dure près d'un siècle et se traduit notamment par le développement du système éducatif et sanitaire. Elle permet aussi d'élargir la connaissance des Gilbert à l'étranger grâce aux ouvrages d'Arthur Grimble, un commissaire résident de la colonie se piquant d'anthropologie.

Le protectorat anglais est entrecoupé par la parenthèse sanglante de la seconde guerre mondiale. Dès 1941, les Japonais occupent Tarawa. Officiellement, les troupes de l'Empereur n'ont rien contre les Gilbertais. Elles se contentent de réquisitionner les hommes pour construire bunkers et fortifications, et se font remarquer par leur propension à décapiter les récalcitrants. Le 20 novembre 1943, les marines débarquent à Betio. La bataille de Tarawa parachute l'enfer sur l'éden, huit mille soldats perdent la vie en l'espace de trois jours. Il reste aujourd'hui quelques canons sur lesquels les enfants s'amusent, et on retrouve parfois des bombes sous la plage. Cette île a déjà connu une apocalypse.

Après la guerre, les notables locaux, impressionnés par l'efficacité yankee, font savoir qu'ils souhaiteraient changer de tutelle coloniale. Ça ne les dérangerait pas de devenir américains. Ce n'était pas une mauvaise idée, si l'on compare les sorts contemporains d'Hawaï et de Tarawa. « Ça ne va pas être possible. On vous laisse avec les Anglais », répond en substance l'Oncle Sam, qui effectuera néanmoins une vingtaine d'essais nucléaires sur l'île Kiritimati dans les années 1960.

Dans le respect du rythme local, la décolonisation sera plus lente qu'ailleurs. Il faudra attendre 1979 pour que la Couronne se retire, juste au moment où, coïncidence, s'épuisent les juteux gisements de phosphates. De la présence anglaise, les Kiribati ont conservé quelques habitudes folkloriques, comme le fait de porter une perruque bouclée quand on rend la justice. Aujourd'hui, le Royaume-Uni ne juge pas utile d'avoir une représentation diplomatique aux Kiribati.

— Quel est le prix du ticket de bus pour aller de Bikenibeu à Betio ?

— Combien d'îles comporte l'archipel de la Ligne ?

— Quels sports pratiquaient les trois athlètes I-Kiribati présents aux Jeux olympiques de Londres ?

Le quiz fait partie des distractions organisées cet après-midi dans le jardin d'un couple I-Matang. Je socialise avec la communauté expatriée, occupée à couper des gâteaux et à siroter des bières. La semaine précédente, je m'étais incrusté à la réception de l'ambassadeur, à la haute commission australienne. Pas exactement une orgie de petits fours et de champagne avec des huiles en smoking, nous avions joué au foot torse nu avant de piquer une tête dans la petite piscine de la résidence.

Sur la terrasse, des danseuses en paréo arborent des colliers de fleurs autour de leur taille et dans leur chevelure claire. Les gestes ne sont pas tout à fait assurés et des coups de soleil strient leur peau blanche. Ce sont des volontaires de l'agence de développement australienne. Elles œuvrent pour le droit des femmes, la santé ou l'environnement et vivent d'une maigre allocation. Elles restent ici un an et en profitent pour s'initier aux rudiments de la danse locale.

Pendant leur représentation, quelqu'un me tend un flacon de parfum en me poussant vers la scène au nom de la tradition. Il faut asperger les danseuses pour les féliciter, une forme d'applaudissement olfactif.

Quand elles ne dansent pas, ces volontaires essaient de se rendre utiles sans être assez naïves pour croire qu'elles vont changer le monde. Elles sont toutefois déterminées à ne pas le faire empirer. Leurs parcours sont variés. « Un jour, j'ai réalisé que le fait de travailler dans une banque détruisait mon âme », explique Helena, une Suédoise joviale et adepte de la méditation. Jolee a été journaliste à Londres, elle travaille maintenant à l'adaptation climatique.

Toutes ces jeunes femmes, entre 20 et 30 ans, sont diplômées, intelligentes et dynamiques. Elles pourraient gagner leur vie dans un pays où il y a des cinémas, elles ont fait le choix des Kiribati.

« Ce sont des saintes. Nous sommes les vilains capitalistes », plaisante Mark, un surfeur en poste au ministère du Travail.

« Moi, je suis là pour l'argent. » C'est dit sans cynisme par Mike, un comptable quinquagénaire. Il a besoin de ce job pour payer les études de ses enfants. Sa mission consiste à mettre de l'ordre dans le prélèvement de l'impôt, tâche titanesque quand on sait que le système n'est pas informatisé. Sa famille lui manque, mais la vie aux Kiribati lui procure un zeste d'aventure. L'autre jour, un cochon est entré dans son bureau du ministère des Finances.

L'ambiance est lisse et détendue, dans le genre néocolonial. John m'est immédiatement sympathique. C'est un ingénieur qui présente l'avantage auditif de ne pas être australien. Son accent britannique est compréhensible du premier coup et j'apprécie qu'il soit incapable

de formuler une phrase sans y inclure les mots
fuck ou *cunt.*

Les nouvelles vont vite à Tarawa. Tout le monde
sait qu'il y a un écrivain dans les parages, les gens
viennent spontanément me raconter leurs vies.
Il y a pléthore de consultants travaillant pour
le compte d'organismes internationaux, qui
tentent de distiller un peu de rationalité dans la
gestion des projets locaux. Il n'est pas toujours
facile de distinguer leur fonction exacte. Leurs
explications se noient souvent dans un jargon
bureaucratique abscons, dissimulant mal le
fait qu'eux-mêmes ne savent pas trop ce qu'ils
font.

Les Kiribati vivent sous perfusion de l'aide internationale. Australie, Nouvelle-Zélande, Japon,
Union européenne, Taïwan (les Kiribati recon-
naissent Taipei) figurent parmi les mécènes.
C'est la principale source de revenus de l'État,
avec les licences de pêche accordées aux exploi-
tants étrangers. « Nous sommes des mendiants
professionnels », ironise Kaure quand il évoque
le sujet. Les Kiribati siègent à l'ONU depuis 1999
et jouissent d'une réelle indépendance politique.
Elles restent colonisées administrativement.

J'entends souvent que les seules choses qui marchent dans ce pays sont gérées par les I-Matang. Ce à quoi je suis tenté de répondre : mais qu'est-ce qui marche aux Kiribati ?

Panne d'électricité à l'hôtel. Pas d'air conditionné. La température est une atteinte aux
droits de l'homme. Je reste assis et je sue à
grosses gouttes. Je voudrais prendre une douche,
l'eau est coupée. J'ai été privé de café au réveil
et les toilettes ne fonctionnent plus depuis hier.
Je tente de mettre ma tête dans le frigo, il est à
peine frais et le sera de moins en moins. À quoi
bon écrire un livre, si je ne suis pas certain de
survivre ?

Je me souviens que John m'a proposé d'habiter
avec lui. Il y a une chambre libre dans la maison
qu'il loue à Teoraereke, au milieu de l'île, côté
océan. Elle appartient au speaker du parlement,

celui qui a une plaque d'immatriculation bling-bling. C'est une grande baraque avec des ventilateurs et des guitares. Ça me convient, j'y pose mon sac et le ukulélé acheté pour lutter contre les accès de solitude.

John est un ingénieur nomade qui loue ses services sur les continents qui veulent bien de lui. Il a 48 ans et deux enfants de deux femmes différentes, vénère la folk music et chante du Dylan dès qu'il est ivre. De ses origines celtes, il a hérité de l'art du conteur. Je veux dire par là qu'il n'arrête jamais de parler. Avec ses airs de korrigan débraillé, John a ce don de savoir transformer chaque journée en aventure. On peut partir acheter du poisson avec lui et revenir quatre heures plus tard, saouls, après avoir fait le tour de l'île plusieurs fois. Et sans poisson, bien sûr.

Autre nouveauté, Jolee m'a prêté sa moto. Une Honda rouge dernier cri (si on arrive à se convaincre qu'on est en 1965), dont le démarrage est un combat quotidien. On conduit à gauche (maudits Anglais) et personne ne veut admettre que c'est le mauvais côté de la route. Je découvre de nouvelles sensations, comme rentrer de nuit sur une route pas éclairée, piégée par les bosses et les nids-de-poule, avec des chiens prêts à me courser et des gamins jouant n'importe où, sans casque et après quelques bières. Ce n'est pas si difficile. Il suffit de rouler à 10 km/h, le doigt sur le klaxon pour avertir les gosses, un pied légèrement relevé pour écarter le museau des bâtards menaçants.

Parfois, les trous de la route se transforment en mares, quand le ciel s'ouvre en deux, sans sommation, pour décharger sa cargaison de pluie dans un fracas assourdissant. Le déluge cesse quelques minutes plus tard sans plus d'avertissement et le temps reprend son cours dans la boue.

Apparemment, il n'y a qu'un seul casque de moto sur cette île et il est trop petit pour moi. On pourrait croire que l'absence de protection faciale n'est un problème que si l'on chute. Ce serait oublier la poussière qui aveugle. Je porte des lunettes noires le jour, chose inenvisageable la nuit. Après quelques virées désagréables, je trouve enfin une solution confortable et sûre en conduisant avec mes lunettes de piscine. Elles sont fuchsia. Ce look à mi-chemin entre le Hell's Angel et la drag queen me vaut une popularité moqueuse chez les badauds. Preuve que l'aventure n'est pas incompatible avec le ridicule.

Dire que l'on est français soulève quelque surprise. C'est incongru de venir de si loin. Réaction la plus courante : « Comment se fait-il que tu parles anglais ? Je croyais que les Français en étaient incapables. » Notre réputation de mauvais élèves des langues nous poursuit jusqu'ici, dans ce pays isolé, au niveau d'éducation très faible, et pourtant bilingue.

Me voici moi aussi isolé, contraint d'évoluer dans un idiome étranger. Il m'arrive de lâcher le fil des discussions de groupe avec les expatriés, quand fusent sans pitié les mystérieux acronymes techniques et les expressions d'argot australien emballés dans cet horrible accent du Queensland. Je suis le seul Français sur cette île. Ma langue natale me manque parfois.

Mais qu'entends-je soudain, en me promenant dans une allée de Bairiki ? Mais oui. Ô joie ! C'est bien la langue de Pierre Desproges qui surgit de cet autoradio :

T'es si mignon mignon mignon mignon
Mais gros gros gros
Mignon mignon mignon mignon
Mais gros gros gros

René la taupe. Le tube électro-régressif de l'été 2010, poison sonore certifié, résonne aux antipodes. Vertige de la circulation culturelle globalisée.

Tebikenikora signifie « plage dorée ». C'est le nom d'un village bordé par un lagon translucide et décoré de cocotiers, avec des hamacs suspendus entre les cabanes sur pilotis. Si on cadre bien la photo, on obtient une illusion de perfection tropicale. En élargissant le champ, les cocotiers sont effondrés, déracinés, décapités par dizaines, les maisons sur pilotis sont séparées par des flaques boueuses et les hamacs s'effilochent.

Tebikenikora est caché au premier regard, on l'entraperçoit depuis la route, derrière une zone marécageuse où flottent tous les déchets imaginables, de la carcasse de voiture à la cuvette de toilettes abandonnée, parmi quelques quintaux de plastique et de ferraille. J'arrive sur mon deux-roues et sous le regard étonné des adolescents jouant au volley devant une grande maneaba. J'accepte bien volontiers l'invitation au jeu même si je n'ai pas le niveau – le volley est le sport national, ils sautent très haut. L'appareil photo autour de mon cou entravant la fluidité de mes mouvements, j'essaie de le confier à un gamin, qui recule, intimidé. C'est pas compliqué, bonhomme. Il suffit d'appuyer là. Il n'ose pas. Une jeune fille moins timorée s'en empare. C'est la première fois qu'elle touche un appareil photo et ça la rend hystérique. Quelques minutes plus tard, ma carte mémoire est alourdie de quatre-vingts clichés haute définition me représentant en train de rater le ballon.

À la fin de la partie, mes coéquipiers me conduisent au révérend Eria Maerareke, un homme de 62 ans qui porte des Crocs aux pieds, des fausses Ray-Ban et un T-shirt *I'm not ashamed of the gospel*. Il est depuis trente ans le pasteur de l'*Assembly of God*, l'église pentecôtiste. Le leader de cette commu-nauté regroupant quelques centaines d'âmes menacées par les éléments. Son implantation est récente, c'est dans les années 1980 que des familles venues des îles extérieures se sont rassemblées ici. Bâtie sur une flèche sableuse vulnérable, Tebikenikora subit des inondations à répétition. Le village est pourtant protégé par une digue cimentée construite par le gouvernement. Elle a cédé il y a quelques années, un jour de tempête. Reste une brèche d'une quinzaine de mètres où s'engouffre la mer si elle s'énerve. « Quand les marées hautes se combinent à des vents violents en provenance du lagon, c'est un désastre », explique le pasteur. Lors de ces redoutées *king tides*, l'eau s'infiltre partout. « Ça provoque d'énormes dégâts dans les habitations. Quand ça arrive la nuit, c'est le chaos, tout est trempé, les enfants pleurent. Après, il faut trois ou quatre semaines pour tout réparer. » Le phénomène se produit plusieurs fois par an et on ne peut pas l'anticiper, faute de prévisions météo fiables.

Je fais le tour du village sur les pas du révérend qui me montre les fondations des maisons emportées par les *king tides*. « L'élévation du niveau de l'océan, c'est bien réel. Ça a empiré depuis une quinzaine d'années. À l'époque, on ne connaissait pas l'existence de l'effet de serre. Quand on nous l'a expliqué, on n'y croyait pas trop, puis on a dû se rendre à l'évidence. Les pays riches profitent des effets du réchauffement climatique. Ce serait bien qu'ils comprennent que des gens en souffrent. »

Eria s'interrompt pour regarder la lune qui apparaît. « Dans quelques jours, c'est la grande marée. Espérons que la météo soit clémente. »

I have joy in my heart
Cause I have Jesus in my heart.

Le gospel est soutenu par une batterie et un clavier entre les mains d'assistants qu'il serait exagéré de qualifier de musiciens. Sous la maneaba, un pasteur dégoulinant dans son costume-cravate abreuve la foule de son prêche fougueux. Les fidèles reprennent à l'unisson en se tortillant. On lève les bras au ciel, on se balance en quête de transe et on célèbre le Tout-Puissant en chantant atrocement faux. Quand il remarque ma présence, le pasteur se dirige vers moi et, tout en continuant son incantation, me donne l'accolade pour me souhaiter la bienvenue dans la maison du Christ.

Après la lecture de la bible en gilbertin, des villageoises viennent partager leurs problèmes devant la communauté lors d'une longue séquence lacrymale, suivie par un enchaînement de danses étranges, au croisement du charleston et de la chenille qui redémarre. Ainsi, la soirée passe vite. On n'a pas la télé, alors on vient à la prière vespérale pour se distraire, se vider de ses soucis et espérer.

Contrairement au révérend Eria, ce pasteur ne fait pas grand cas des inondations. À Tarawa, certaines autorités religieuses réfutent l'existence d'un problème climatique, fortes d'un argument redoutable : ce n'est pas prévu par la Bible. Eria, lui, est capable de concilier la foi et le constat scientifique. Dans ses sermons, il appelle à prier pour la protection de l'environnement : « On n'a pas d'autre choix que de se mettre entre les mains du Seigneur. »

Tout le monde s'est serré la main pour affirmer les liens de la solidarité chrétienne, la maneaba peut se vider de son public. Il est 21 heures, Tebikenikora va se coucher. Un petit groupe s'attarde autour du chapiteau pour discuter avec

le gringo qui a cette idée saugrenue de passer la
soirée au village.

— Tu viens d'où ?

— De France.

— Vous avez une tour, là-bas, c'est ça ?

— C'est exact.

— Il y a des gens de ta race qui sont déjà venus
ici.

— Des Français ?

— Oui, ils sont venus filmer. C'est vrai que
vous faites du parfum en France ?

— Oui. On fait aussi du fromage et du vin.

(Je dois simplifier pour m'adapter à cet auditoire
peu informé).

— Comment est la vie là-bas ?

La question est pertinente. Comme elle est vaste,
je dois réfléchir une minute avant de formuler
une réponse compréhensible. J'explique qu'il fait
froid, que nous sommes riches et individualistes.
Que nous fabriquons des fusées spatiales et que
des gens dorment dans la rue. Que nous vivons
dans des villes très grandes, où l'on ne peut plus
voir les étoiles.

Ça ne suscite pas de commentaires. Peut-être
ne me croient-ils pas. Tout cela peut sembler
incohérent de leur point de vue. Atanroi,
l'ancien ambassadeur, m'a raconté que certains

refusaient de le prendre au sérieux quand il parlait de son voyage en train entre la France et l'Angleterre. Un tunnel qui passe sous la mer, sérieusement, qui pourrait avaler de telles sornettes ?

C'est à mon tour de poser les questions. Je m'adresse à Tekouea, la seule qui parle un bon anglais. Elle a 26 ans, deux enfants et un mari qui s'est enfui.

— Tu as un travail ?

— Non.

— Tu es heureuse ici ?

— Des jours, oui. Des jours, non.

— Des rêves ?

— Pas vraiment.

— Tu voudrais vivre ailleurs ?

— Oui.

— Et quelle vie tu voudrais avoir ?

Elle répond « *any life* », qui peut se traduire par « n'importe quelle vie » ou même par « une vie ». Ça ne veut rien dire, c'est lourd de sens.

D'après le révérend, la plupart des villageois veulent partir : « Mais pour aller où ? Et pour partir, il faut de l'argent. Les gens gagnent à peine de quoi vivre, le coût de la vie les étrangle. Certains ont déjà déménagé, ceux qui pouvaient. »

Taaua n'est pas parti. Pourtant, il n'a pas de maison. Il en avait une, elle s'est effondrée lors de la tempête, quand la digue a cédé. Deux autres habitations ont succombé ce jour-là. La sœur de Taaua habite ici. Sa maison accueillant déjà toute la famille élargie, il n'y a plus de place pour lui. Alors il passe ses nuits sous la maneaba, avec son fils de trois ans.

Je dors ici aussi. On m'a aménagé une place, deux bancs rapprochés feront office de sommier et j'ai hérité d'un vrai matelas. Taaua et son enfant se couchent sur de fines nattes. Je propose d'échanger nos literies. Il refuse, évidemment. Avant l'extinction des feux, il va me chercher une bouteille. Une vraie bouteille d'eau minérale avec un bouchon scellé. Ce serait anodin si l'eau minérale n'était ici un luxe qu'on ne peut se permettre au quotidien. Il l'a sortie de la réserve commune pour préserver l'estomac de l'invité que l'on sait condamné aux tourments s'il consomme ce qui sort des réservoirs locaux. Elle en devient émouvante, cette bouteille d'eau.

Mon sommeil est à peine troublé par quelques rats gambadant sur les poutres. J'ouvre parfois un œil pour découvrir, penchés sur moi, des visages de mômes venus s'assurer que c'est bien vrai, cette histoire de Blanc qui dort au village. Cette nuit, c'est prévu, la marée doit envahir Tebikenikora.

Je suis réveillé à 4 h 30 par des roulements de batterie. Taaua est déjà debout, prêt à prier dans la nuit. Des femmes affluent et commencent à se dandiner dans les prémices de la dévotion matinale. Se mettre entre les mains du Seigneur quand on n'a pas d'autre recours, je le comprends volontiers. Mais deux fois par jour, n'est-ce pas faire preuve d'un zèle déraisonnable ? Et si on commençait par chanter juste, une fois par jour, plutôt que de massacrer des cantiques du matin au soir, ne serait-ce pas plus efficace pour attirer l'attention divine ? Je ne fais que proposer, je ne suis pas un expert en liturgie – mon truc, c'est plutôt le Scrabble.

Pendant la nuit, la marée a atteint la maneaba. Je m'évade de la cérémonie pour aller constater les dégâts et voler quelques images de l'aube mouillée. Tebikenikora se réveille inondée et ne s'en offusque pas. Elle a l'habitude. Le soleil se lève sur ce qui était hier un terrain de volley-ball. C'est désormais un lac. Les enfants batifolent dans l'eau, ils semblent plutôt amusés qu'une piscine se soit formée devant leur maison. Pas de désastre ce matin, juste quelques désagréments. Le village est coupé en deux par un chenal d'un mètre de profondeur. Il faudra attendre que l'eau soit suffisamment basse pour traverser en relevant ses jupons. Des adolescents ont bricolé un petit flotteur à balancier, un bac grâce auquel les mamans aux bras chargés peuvent traverser au sec. Je me jette à l'eau avec eux – au diable les bactéries. De l'autre côté, je retrouve ma copine de la veille, celle qui voudrait une vie. Sa cabane est entourée d'une digue de pierres, inutile puisque submergée. Elle vaque à ses occupations ménagères, l'eau aux mollets, comme si de rien n'était. Le niveau de fatalisme semble proportionnel à celui de l'océan.

Devenu un village symbole du changement climatique, Tebikenikora a vu passer quelques équipes de télévision venues glaner des images spectaculaires. Sur plusieurs continents, des téléspectateurs ont pu compatir au sort de la communauté inondée.

Ban Ki-moon lui-même est venu faire un tour. « Il nous a dit qu'il était très ému par notre situation et qu'il essaierait de faire quelque chose pour nous », résume Eria. Quelques semaines plus tard, le secrétaire général des Nations unies soulevait le problème de Tebikenikora à la tribune de l'organisation. Un coup de projecteur mondial pour ce modeste village. Que s'est-il passé depuis ? « Rien ».

Les officiels se sont succédé pour évoquer la reconstruction de la digue avec le révérend. « J'ai eu la visite du président de la République, suivie de celle d'un ministre, puis d'un fonctionnaire. » On est aux Kiribati, la lenteur gouverne. Pourquoi les habitants ne se mobilisent-ils pas pour reboucher cette digue eux-mêmes, depuis toutes ces années ? Ce ne serait pas un énorme travail. « C'est vrai, quelques jours suffiraient », acquiesce le pasteur. « On pourrait faire un mur en pierre, il tiendrait quelques semaines avant d'être balayé à la prochaine marée. Nous avons besoin d'un vrai mur de ciment et notre communauté n'a pas les moyens d'acheter le matériel. Si on nous fournit le ciment, bien sûr, les hommes le construiront. »

Et combien cela coûterait-il ?

« Quelques milliers de dollars. »

Le budget du Kiribati Adaptation Project s'élève à douze millions de dollars sur cinq ans. L'organisme est chargé d'identifier et de contrer les effets du changement climatique. Le gouvernement est déterminé à se défendre contre les aléas de la nature. Les Hollandais vivent bien sous le niveau de la mer grâce à leurs polders. Les Hollandais sont riches. Les I-Kiribati n'ont pas un rond. Le KAP est financé, entre autres, par l'Australie et la Nouvelle-Zélande, avec la Banque mondiale et le Fonds pour l'environnement mondial. Devant ses locaux, un panneau en forme de déclaration d'intention :

S'adapter ou périr
Travaillons ensemble – Pour survivre

Je passe régulièrement pour collecter de la documentation et fumer des clopes avec Jolee qui, non contente de me prêter sa moto, gère la communication du KAP. C'est une jeune femme efficace et pleine d'entrain, qui doit se débrouiller avec un internet chaotique et une hiérarchie amorphe. Quand on parle du KAP, les personnes investies dans le dossier climatique haussent les sourcils. J'ai déjà expliqué la polysémie du haussement de sourcils. Dans ce cas précis, il exprime un doute quant à l'efficacité du projet.

Le KAP est chapeauté par Andrew Teem, le conseiller chargé du changement climatique auprès de la présidence de la République. Il me reçoit dans son bureau, une cabane de chantier coincée dans une arrière-cour. « L'érosion côtière est l'effet le plus évident. Un village entier a dû être déplacé à Tebunkinago, sur l'île d'Abaiang. Il y en aura d'autres. Des cimetières ont été emportés par la mer. » Comme Kaure, il a vu l'îlot de Bikeman disparaître. « Toutes les îles seront affectées, des communautés entières devront être relogées. Et on n'a nulle part où aller. »
Quand on n'a nulle part où aller, il faut s'adapter. Concrètement, les fonds du KAP sont employés à la

construction et à l'entretien des digues, protégeant en priorité les biens publics comme la route, l'aéroport ou l'hôpital. Ce qui laisse beaucoup de rivages exposés. L'argent sert aussi au programme de plantation de mangroves, forêts littorales qui freinent les vagues et permettent au sable de s'accumuler, jouant un rôle de rempart face à l'élévation du niveau de la mer.

Pas sûr que ce soit suffisant.

Le coût de la consolidation complète des côtes du pays est évalué à un milliard de dollars.

Cliff a beau être un vieillard, il fait preuve d'une passion communicative quand il décrit son métier. Ce petit être malingre dégageant une énergie confuse a été missionné par le Kiribati Adaptation Project. Cliff est ingénieur en génie côtier. Il va rester ici deux ans, loin de son Amérique natale et des Caraïbes où il a passé l'essentiel de sa carrière. Il a deux problèmes à régler : régénérer la barrière de corail pour préserver l'intégrité physique de ce pays, et trouver de la crème solaire pour sauver sa peau flétrie. Pour la barrière, meurtrie par la hausse des températures et la pollution, il a un plan. Il s'agit de stimuler le corail par de petites impulsions électriques, ce qui devrait agréger la vie tout autour. Pour la crème solaire, ça semble plus compliqué car il a eu la candeur d'imaginer qu'il pourrait s'en procurer à Tarawa.

Nous allons passer la matinée sur l'eau pour cartographier le récif. Je ne peux pas laisser un vieil homme brûler sous l'impitoyable soleil de l'équateur ; je lui tends mon tube d'écran total.

Nous aurions dû partir depuis longtemps, mais un retardataire freine l'opération. Cliff prend son mal en patience en faisant son numéro de charme auprès de Jolee, qui a quarante ans de moins que lui et porte bien son nom. L'ingénieur nous détaille sa stratégie topographique. Dans un premier temps, il compte prendre des mesures pour évaluer le rapport distance/profondeur – qui peut intéresser un écrivain. Hélas, on ne peut pas commencer sans le technicien chargé d'enregistrer la distance des points depuis le rivage. Cliff trépigne. Un téléphone sonne, enfin. Le technicien arrivera bientôt. « Bientôt » est une notion à manipuler avec prudence, nous décidons toutefois d'embarquer, car le soleil est déjà haut.

La petite barque à moteur progresse sur le lagon parfaitement lisse, Cliff et Jolee s'échangent talkie-walkie, GPS et autres appareils photo étanches, tout en observant le récif à travers les eaux translucides. Un grésillement de talkie nous apprend que le technicien est enfin arrivé, avec deux bonnes heures de retard – le temps de traverser le pays deux fois, donc.

Nous allons enfin pouvoir travailler sérieusement.

Un dialogue s'engage avec l'équipe restée à terre et je vois Cliff s'affaisser au fil de la conversation.

Il semblerait que le technicien n'ait pas emporté le bon matériel, information qui transforme cette belle matinée en échec intégral.

Il est midi et trois Blancs penauds végètent inutilement au milieu du lagon sous un soleil démoniaque. L'insolation guette, nous revenons à terre. Cliff ne m'a jamais rendu ma crème solaire.

L'érosion, les îles qui disparaissent, les maisons détruites par les inondations et les villages déplacés, tout cela est déjà bien préoccupant. Ce n'est pourtant que la surface du problème.

L'infiltration de l'eau marine affecte les rares cultures. Les racines des cocotiers sont attaquées. On peut le voir dans les environs de Tebikenikora et ailleurs : l'arbre mort fait partie du paysage. Or, le cocotier *(Cocos nucifera)* est ici plus qu'un arbre. C'est la base de l'alimentation, le cœur traditionnel de l'économie, un emblème culturel.

Pire, les réserves d'eau sont menacées. Tout le monde est d'accord, l'urgence est là. La salinisation atteint les puits, déjà menacés par les pollutions diverses. Huiles de moteur, carburants, déjections humaines ou porcines, tout finit dans les maigres lentilles d'eau douce, qui deviennent imbuvables.

Il y a bien un réseau public de distribution, alimenté par deux réserves situées au bout de l'île. Son état est catastrophique, miné par le manque de pression, les coupures, le piratage, les fuites et le manque de techniciens formés pour l'entretien. C'est là que John intervient. Mon ingénieur hydraulique de colocataire est employé par le KAP pour repérer les fuites. Travail de longue haleine, pour ne pas dire mission impossible. « Même si tout marchait parfaitement, il n'y aurait pas assez d'eau pour tout le monde. C'est pire qu'en Afrique », estime John, qui a travaillé au Ghana. Le réseau fournit vingt litres par habitant et par jour. Il en faudrait cinquante au minimum selon les critères de l'Organisation mondiale de la santé.

De plus, comme les tuyaux sont pourris, la pollution des sols contamine l'eau du réseau. « Plus on s'éloigne du point de départ, moins elle est saine. Même en la faisant bouillir, elle n'est pas potable. Les métaux lourds restent. » Or les gens la boivent, la plupart n'ont pas le choix.

En cas de sécheresse, la situation peut tourner à l'épidémie de choléra. C'est déjà arrivé, ça pourrait se reproduire. Même quand le choléra ne frappe pas, l'eau insalubre contribue à la forte mortalité infantile, l'une des plus élevées du Pacifique, avec un taux supérieur à celui de l'Irak.

D'après un rapport des Nations unies, la situation hydraulique est « désespérée » et devrait empirer avec l'accroissement rapide de la population. Cette île risque d'être inhabitable avant d'être engloutie.

Solution alternative, des réservoirs sont utilisés pour collecter et stocker la pluie. Tebikenikora en héberge quatre. « Dieu bénisse la Nouvelle-Zélande qui a financé les citernes. On amène beaucoup moins souvent les enfants à l'hôpital», remercie le pasteur Eria en orientant la paume de ses mains vers le ciel. « Il nous en faudrait quatre de plus pour être sûrs d'avoir de l'eau potable en permanence. Pour être en sécurité. Dis bien dans ton texte qu'il nous faut d'autres réservoirs. »

Je promets, en précisant que ma position de témoin ne garantit en rien une amélioration de la situation. Si l'intervention du secrétaire général des Nations unies reste sans effet, il y a peu de chances que celle d'un écrivain change quoi que ce soit.

Un jour, Eria a eu l'occasion de faire un voyage à Genève, où il a vu le jet du lac Léman : « C'est incroyable, ils peuvent se permettre de s'amuser avec de l'eau douce. » Il est sidéré par la Suisse, et choqué quand je lui apprends que la consommation domestique quotidienne aux États-Unis s'élève à 360 litres par personne. Le révérend me scrute pour s'assurer que je ne plaisante pas, avant de demander : « Mais ils en font quoi ? »

Si les Kiribati n'ont pas de moyens, elles disposent d'un bon avocat en la personne d'Anote Tong. C'est un petit homme fluet qui dirige cette nation de costauds, avec sa fine moustache argentée et son verbe persuasif de diplômé de la *London school of economics*. Le président de la République, qui remplit son troisième mandat, jouit d'une popularité palpable. Sa première élection, il l'a remporté contre son frère, Harry Tong. La fratrie s'oppose en politique comme sur le dossier écologique. Harry estime qu'il n'y a pas de danger car « Dieu a promis à Noé qu'il n'y aurait plus d'inondation après la dernière. » Anote, au contraire, s'est construit une stature internationale en affirmant que « le point de non-retour a été atteint » et en brandissant l'idée d'une délocalisation de la population.

À la tribune des Nations unies, dans les réunions internationales, le président plaide la cause d'une nation qui doit se « préparer au pire ».

Après l'échec du sommet de Copenhague en 2009, il organise la conférence sur le changement climatique de Tarawa. Elle accouche de la déclaration d'Ambo, signée par douze pays, qui incite la communauté internationale à prendre des engagements sur la protection des états les plus vulnérables. À l'instar de Mohamed Nasheed, le président des Maldives qui avait tenu un conseil des ministres sous l'eau, Tong communique habilement et parvient à attirer l'attention des médias étrangers qui le qualifient « d'icône climatique ». Il vend l'histoire du pays qui disparaît à cause du mode de vie des nations industrielles, agitant le cocktail catastrophisme plus culpabilité pour obtenir les fonds de l'aide internationale.

De fait, les Kiribati ne produisent qu'une portion négligeable des gaz à effet de serre. De fait, elles sont, avec Tuvalu et les Maldives, autres nations coralliennes, les premières exposées sur la ligne de front du réchauffement.

Le documentaire *The Hungry Tide* (La marée vorace) suit le parcours de Maria Tiimon, une militante climatique I-Kiribati émigrée en Australie. Elle est loin de chez elle quand sa mère meurt. On la suit durant le trajet de retour vers son île. On la voit s'effondrer dans les bras de son père, lui-même gravement malade. Mourra-t-il lui aussi avant le générique de fin ? C'est un des fils rouges de la narration. Le film de l'Australien Tom Zubrycki ne lésine pas sur les violons ; c'est pour la bonne cause. Il a le mérite de rappeler que ce pays existe, mais peut-être plus pour longtemps.

On y suit la délégation I-Kiribati au sommet de Copenhague. On partage son indignation face à l'échec des négociations, sa colère contre la stupidité et l'aveuglement des pays pollueurs. On s'amuse aussi, lorsque les insulaires restent coincés dans cette invention étrange qu'est la porte tambour.

Si les intentions du film sont louables, on se permettra toutefois d'émettre un bémol. Comme la plupart des médias, *The Hungry Tide* reprend la ligne de communication gouvernementale : les Kiribati sont en train de couler à cause du changement climatique. C'est sûrement vrai, mais c'est un peu plus compliqué que ça.

Il y a une part de responsabilité locale dans l'effritement de Tarawa, bousillée par la surpopulation et le maldéveloppement. Certaines infrastructures accentuent le phénomène d'érosion. La longue chaussée reliant Betio et Bairiki, construite par les Japonais dans les années 1980, a bouleversé l'équilibre du lagon en coupant les courants venus de l'océan. L'eau se renouvelle moins, la pollution stagne, le corail meurt et les contours côtiers en pâtissent.

Il faut aussi signaler le paradoxe des digues, censées protéger le littoral. Quand elles sont mal conçues, souvent, elles n'absorbent pas l'énergie de la vague mais la reportent sur les zones voisines. On ne fait que déplacer, voire aggraver le problème.

Les particuliers, eux, protègent leur habitation par leurs propres moyens, comme le vieux Kiatoa. Ils utilisent de la ferraille, des pneus, des détritus, mais aussi du sable et des pierres prélevés sur les plages, de manière illégale, ce qui alimente le cercle vicieux de l'érosion.

À défaut d'être mis en avant, tous ces problèmes sont bien identifiés. Mais on ne peut pas réduire la population. Les chaussées sont indispensables à la circulation. Et il est impossible de se passer des digues, même si cela revient à scier la branche déjà fragile sur laquelle on vit.

Le discours du gouvernement minimise les causes locales de la dégradation de l'environnement. On comprend la stratégie, c'est plus efficace pour attirer les bailleurs de fonds internationaux. Doit-on pour autant penser que la menace climatique globale est exagérée ?

C'est le point de vue des climato-sceptiques, qui ne croient pas au réchauffement ou récusent son origine humaine. Ce sont parfois des scientifiques, souvent des fanatiques religieux ou des personnalités liées aux industries carbonées soucieuses de semer le doute dans l'opinion publique. En France, ils sont représentés par un ancien ministre dont la seule compétence climatique consiste à sentir le sens du vent pour retourner sa veste au bon moment.

Rappelons pourquoi le GIEC fait autorité. Ce n'est pas une structure de recherche, mais un organisme qui synthétise la connaissance sur le sujet, sous l'égide des Nations unies et de l'Organisation météorologique mondiale. Ses rapports peuvent être considérés comme des consensus de la communauté scientifique internationale. Que disent-ils ?

L'accélération de l'augmentation des températures de l'atmosphère et du niveau des océans est une donnée acquise. Les émissions actuelles de gaz à effet de serre influant sur le climat des prochaines décennies, une montée de deux degrés par rapport à l'ère préindustrielle semble d'ores et déjà inévitable d'ici la fin du siècle, sûrement avant. Si l'on dépasse ce seuil, le Giec redoute des effets de rupture, un emballement de la machine aux conséquences incertaines, quoique potentiellement apocalyptiques. Pour éviter de franchir ce cap, il faudrait diminuer nos émissions rapidement, or tout le monde sait que ça n'arrivera pas. Certains chercheurs estiment même que ce point de bascule est déjà derrière nous.

Nous vivons dans l'holocène, période inter-glaciaire de lent radoucissement naturel, qui a vu la sédentarisation de l'espèce humaine et l'invention de l'agriculture. « Le temps des civilisations est marqué par un climat stable », écrivent les experts Hervé le Treut et Jean-Marc Jancovici dans leur ouvrage *L'effet de serre*. L'écart de température entre notre époque et la dernière période glaciaire, il y a environ 12 000 ans, est de l'ordre de cinq degrés. Les pires scénarios du GIEC envisagent une élévation de plus de six degrés entre 1850 et 2100.

J'ai prévu de rencontrer le président de la
République pour parler du temps qu'il fait. C'est
toujours chic de papoter avec un chef d'État et
celui-ci a l'air désireux de communiquer. J'ai
contacté le cabinet d'Anote Tong avant mon
arrivée. On m'a répondu, en substance, *merci de
vous intéresser à nos problèmes, nous allons arranger
ça*. Passé ce premier échange, plus de nouvelles,
malgré mes relances. Mon correspondant, parti
en déplacement aux Samoa, n'avait pas pensé
à transmettre ma requête à ses collègues. Une
fois à Tarawa, j'ai réitéré ma demande auprès
du service de presse. Nouvelle réponse enthou-
siaste et non suivie d'effet. Je me suis ensuite
débrouillé pour dégotter le portable du chef de

cabinet présidentiel. Message. Pas de retour. Je ne peux pas lui en vouloir, son téléphone était en dérangement.

Le temps passant, je décide d'accélérer le processus en me rendant directement à la présidence. Je suis reçu par un jeune communicant qui m'annonce qu'Anote Tong s'est envolé le matin même pour l'assemblée générale des Nations unies à New York. Il reviendra dans quelques semaines. Après mon départ de Tarawa.

Rage intérieure.

Adieu, entretien présidentiel. À jamais, Anote Tong, l'indolence bureaucratique a barré le chemin de notre rencontre.

Mon interlocuteur hausse les sourcils (il est désolé) et une question me trotte dans la tête. Que fait cette raquette de badminton sur ton bureau, mec ?

Ce garçon est tout de même bien embarrassé devant ma déception ; il me propose une interview par téléphone ou par e-mail. Ça n'aurait que peu d'intérêt. Je connais déjà le propos de Tong, c'est un professionnel rodé, il ne sortirait pas de son discours médiatique. Je voulais sentir l'homme, croiser son regard et relever ses tics corporels quand il esquive les questions.

Pragmatique, je tente de rentabiliser ma présence en demandant à consulter une biographie du président. Le communicant n'a pas ça en stock. En revanche, il y a une banque d'images qui pourrait m'intéresser, des photos qui me permettraient de constater l'évolution des dégâts environnementaux à travers le temps. Il me les montrerait bien volontiers, mais pas tout de suite, parce que là, présentement, elles sont stockées sur un ordinateur hors d'usage. Il pourra me les fournir quand il aura réparé son appareil. Il doit pour cela attendre qu'un autre service valide le budget pour l'achat de mémoire supplémentaire. Autant dire que cette île aura disparu bien avant que le problème soit réglé.

Ce rendez-vous manqué avec le président a agacé Kaure au plus haut point. Il peste contre la désorganisation de l'administration, il en veut à ces fonctionnaires dilettantes de donner une image déplorable du pays. « On va te faire rencontrer un président », décide-t-il. L'étonnant avec Kaure, c'est qu'il met ses idées à exécution sur-le-champ, ce qui fait de lui une curiosité anthropologique. Il opère un brusque demi-tour, bifurque sur le chemin passant derrière le stade de Bairiki et gare son van dans la cour d'une résidence. Le propriétaire est absent pour le moment, mais il sera averti de notre passage.

Le lendemain soir, Ieremia Tabai m'attend devant son porche. Un homme svelte et mal rasé qui, même vêtu d'un short, parvient à dégager une certaine classe. Plus qu'un politique, c'est un personnage historique. Le premier président du pays. Celui qui a négocié l'indépendance à la fin des années 1970. Celui qui a pensé la Constitution de la république assurant une stabilité démocratique aux Kiribati.

Tabai vit dans une belle demeure moderne, il me sert une tasse de thé sous la petite cabane extérieure qui fait office de salon de réception. Il se montre cordial, simple d'accès, modeste. À seulement 29 ans, Tabai s'est retrouvé à la tête d'une nouvelle nation. Il était alors un des plus jeunes chefs d'État du monde. « Je ne m'en étais pas rendu compte à l'époque. C'est peut-être un peu trop tôt dans la vie pour s'occuper d'un gouvernement. Je suis un vieil homme maintenant. »

Toute sa vie, il a défendu son credo : pauvres mais libres.

« Le sens de l'Histoire poussait à la décolonisation. Au moment de l'indépendance, nous avons perdu notre principale source de revenus. Il n'y avait plus de phosphates. Face à ce défi, ma réponse était : il faut s'en sortir par nous-mêmes. » Fin négociateur et gestionnaire avisé, il parvient à équilibrer les finances de l'État dans les années 1980.

Inutile de préciser qu'il n'est pas enchanté par la situation actuelle du pays, contraint de quémander l'aide internationale et d'accueillir des palanquées d'I-Matang pour faire tourner la machine.

L'ancien chef d'État, toujours parlementaire, est également agriculteur.

Au cours de ses trois mandats, il a fréquenté les grands de ce monde, discuté le bout de gras avec Elizabeth II, Margaret Thatcher, George Bush père ou Indira Gandhi. Couvert d'honneurs, il cultive son jardin sur son île natale de Nonouti. « Je me sens en sécurité en prenant soin des arbres autour de moi. Si demain je perds mon travail, je peux survivre. » Une façon d'allier ses convictions sur l'autosuffisance à la préservation d'un mode de vie, dans un mouvement de retour identitaire courant chez les décolonisés.

Ieremia Tabai se désole de l'inertie de la société, râle contre la fainéantise, l'alcoolisme, la consommation excessive de produits importés et les problèmes cardiaques qui vont avec, alors que le régime alimentaire traditionnel est sain. Ce qui est mauvais pour la santé, c'est de rester assis en tailleur pendant une heure. Je ne sens plus mes jambes. Je suis obligé d'interrompre le discours du président pour me lever afin d'éviter l'amputation. Ça le fait sourire. Il a 63 ans et des gambettes solides, l'activité le maintient en forme. « Je peux grimper aux arbres. Je ne suis pas sûr que mes petits-enfants sachent encore le faire. »

Comme tous les ports, Tarawa draine des personnages d'une magnifique hétérogénéité. Choses vues au Captain's bar :

Un colosse sud-africain au crâne rasé, portant un bandeau sur l'œil et un T-shirt pirate, répondant au nom d'Otto.

Un démineur texan tout droit sorti d'un film des frères Coen, qui se désole que ses enfants aient l'âge d'aller tuer des gens en Irak mais pas de boire une bière légalement.

Un banquier canadien fraîchement retraité, qui convoie un catamaran de San Diego à Singapour et s'est arrêté pour boire une bière sur la route. Il porte un sonotone et n'entend donc pas très bien l'employée suisso-israélienne de la Banque mondiale susurrant *Dream a Little Dream of Me* au karaoké.

Un ingénieur I-Kiribati me demande du feu mais refuse mon briquet. Il veut allumer sa cigarette avec la mienne. Mieux vaut éviter les émissions de gaz inutiles pour ne pas contribuer à l'effet de serre. Quand ce citoyen exemplaire apprend que la chanteuse œuvre pour la Banque mondiale, il lui explique sa façon de penser : « Vous passez votre temps à faire des réunions et à produire des rapports pour nous expliquer ce que nous savons déjà. » D'abord désarçonnée, la Suissesse tente de remettre les pendules à l'heure. La femme de l'ingénieur arrive à sa rescousse : « Ne dis pas ça. C'est de chez eux que vient l'argent. » Suit une discussion passionnée sur la méthodologie des politiques de développement et l'inflexibilité de la Banque mondiale, qui s'enfonce rapidement dans une confusion éthylique. La bisbille se dissipe en musique, je chante *Ebony and Ivory* pour apaiser les esprits et réconcilier les peuples du monde.

L'épisode traduit une interrogation répandue à propos de la coopération internationale et qui pourrait se résumer par : « Mais où passent ces dizaines de millions de dollars ? » Certains projets aboutissent de façon visible, comme la construction du gymnase taïwanais, l'installation de la décharge néo-zélandaise ou la modernisation du port par les Japonais, entre autres. Mais la déperdition est évidente. Après quelques bières, la plupart des expatriés admettent, en off, les errements de leurs bureaucraties. On perçoit un certain découragement chez ces contractuels coincés entre une hiérarchie lointaine, déconnectée du terrain, et une administration locale souvent inapte. Ils pointent le manque de coordination et la concurrence entre les agences de développement, la lenteur des procédures et la gestion kafkaïenne des budgets.

L'essentiel de l'aide allouée aux Kiribati est capté par les salaires des consultants internationaux. Ces consultants produisent des rapports, c'est leur cœur de métier. Il faut saluer le sens du détail qui les caractérise. L'un d'entre eux, émanant d'un cabinet néo-zélandais, recense le nombre de cochons à Tarawa à l'unité près. Il y en a 13 184. Quelqu'un a été payé pour dénicher cette information. En revanche, personne n'a pensé à reboucher la brèche dans la digue de Tebikenikora.

Nos canettes sont vides. John et Jolee proposent d'aller boire un dernier verre au Gateway's. J'ai quelques réticences concernant l'établissement. La veille, je suis passé devant ce Gateway's public bar, au cœur de Betio la grouillante. Un être informe vêtu de haillons titubait à l'entrée, bouteille de whisky en main, vitupérant dans le vague – contre l'existence, j'imagine. Jabba the Hutt, en moins avenant et un peu plus gros. De l'extérieur, on devinait des filles ivres vautrées sur le billard. En m'apercevant, Jabba m'avait élégamment invité à entrer. Disons qu'il avait grogné *hey toi, viens là* avant de se désintéresser de moi la seconde suivante. Voici mon calcul. Si je rentre, les morues vont m'aborder et un pochetron va venir pour, soit me vendre une femme, soit me reprocher de venir draguer ses femmes. En me basant sur un algorithme modélisant le fonctionnement universel des bars, j'avais évalué les chances d'embrouille à 71 % ; j'avais contourné.

Ce n'est en fait pas si terrible que ça. Passé les deux plaques de tôle faisant office de vestibule, le Gateway's propose un gentil décor de cage en béton brut. On pourrait se croire dans un club berlinois alternatif, les relents d'urine en plus.

Jolee demande où se trouvent les toilettes, le barman lui dit d'attendre, le videur doit l'accompagner pour éviter les problèmes. John commande les boissons et commence à nouer des amitiés pendant que j'explore les lieux. On accède à l'étage par l'escalier le plus dangereux de l'hémisphère sud et à l'étage, il n'y a rien, à part un gros tas de gravier. Quand je redescends, un client est en train d'empoigner John avec la claire intention de lui casser la gueule. L'instant d'avant, ils avaient l'air copains comme cochons, je me demande comment ça a pu dégénérer aussi vite. (John lui a demandé s'il était gay.) La situation s'apaise grâce à l'intervention du videur et nous exfiltrons

John qui est saoul comme un Irlandais (il est irlandais).

Bob Dylan chante *You ain't goin' nowhere* quand nous traversons la chaussée de Betio à Bairiki, celle qui surplombe le lagon. Je me tiens debout dans la benne du 4X4, agrippé sous les étoiles. Dans la nuit claire, l'océan défile des deux côtés du véhicule. La route est dégagée. Pas de terre en vue. Ainsi posté en hauteur, je marche sur les eaux. Le vent dans les cheveux, ivre de bière et d'horizons, je vole sur la proue du Titanic. *King of the world.* Profitons-en avant le naufrage.

Comme son nom l'indique, le *friday payday* est le vendredi de paye qui, deux fois par mois, transforme Tarawa en beuverie géante. On n'a pas beaucoup d'argent, aussi faut-il se dépêcher de le dépenser dans des quantités extravagantes de mauvais alcool. Il est déconseillé de prendre la route ce jour-là, à moins d'être suffisamment saoul pour oublier que c'est dangereux. Ce petit chaos bimensuel brise la routine de l'île et permet à tout un chacun d'avoir un objectif auquel se raccrocher, la prochaine cuite.

Je n'irais pas jusqu'à dire que le Seaman est une boîte de nuit, c'est toutefois ce qui s'en rapproche le plus. Une longue maneaba a été convertie en un dancefloor où l'on diffuse une musique atroce à un niveau sonore interdit par la médecine. Une cour des miracles avinée s'agite sous des stroboscopes qui donnent au tableau un tour apocalyptique. Des chiens se faufilent entre les danseurs, on doit aussi prendre garde à ne pas marcher sur les estropiés. L'arrivée d'un groupe d'I-Matang ne passe pas inaperçue. Les fêtards mâles se rapprochent des blondinettes dans de vaines parades imbibées, tentant au passage de peloter ici un nichon, là un bout de fesse.

John passe commande au bar. « Une bière pour mon ami qui n'a pas de bras », hurle-t-il avant de placer la bouteille entre les moignons d'un gars terriblement mal formé, à peine au-dessus de l'homme-tronc sur l'échelle de l'injustice génétique. La formule résume bien mon colocataire, un malotru avec le cœur sur la main (il a la chance d'avoir des mains), un homme bien qui boit trop.

Il n'y a pas que les filles qui se font aborder. Alors que je vais pisser innocemment, une voix m'intercepte dans l'obscurité. *Come here.* Je distingue une forme. Elle se rapproche. Des cheveux longs, une robe rouge. Un maquillage excessif, qui cache mal la misère d'une peau vérolée. Un double menton mal rasé. Il doit y

avoir un seul travelo dans ce pays, c'est sur moi
qu'il jette son dévolu.

La nuit s'achève sur la jetée du port, où les
couche-tard viennent entretenir leur fièvre du
samedi matin. On se gare, on met la musique
à fond et on picole en dansant à l'intérieur des
voitures, pour s'assurer qu'un nouveau jour
viendra et qu'on sera en vie à ce moment-là.
John a abdiqué, il dort sur la banquette arrière.
J'observe les amoncellements de tétrapodes
qui délimitent les contours du port. Ce sont
d'énormes blocs de béton utilisés pour stabiliser
les rivages. C'est ce qu'on appelle une technique
de défense lourde en langage d'ingénierie côtière.
Il n'y a pas mieux à Tarawa, et si j'en viens à me
pencher là-dessus, c'est que je suis en train de
perdre le fil de la fête.
   Mon niveau d'énergie décline, j'ai oublié de
manger. Une noctambule opportune me propose
un morceau de gras de porc qui s'avère aussi
dégueulasse que salvateur. Pour l'accompagner,
elle me tend une bouteille remplie d'un épais
liquide blanchâtre. C'est du sour-toddy, un
vin de palme qui rend aveugle. Mi-prévenante,
mi-narquoise, elle m'informe que le métabolisme
I-Matang n'est pas configuré pour endurer sa

gnôle. Croit-elle vraiment que j'ai parcouru tout ce chemin pour refuser de goûter les spécialités locales ? Perdu pour perdu, je porte le goulot à mes lèvres. *Sic transit gloria mundi.*

On peut tenter d'exercer une sorte de pensée magique pour oublier son imminence. Inutile, elle finit toujours par tomber sur le voyageur, la déprime de mi-séjour. Aux premiers kilomètres, on est porté par le mouvement, tout est neuf. Sans préavis, le mouvement se fige, on est absorbé par un trou d'air et on se regarde en train de pédaler dans le vide, loin des siens.

En voyage, tout est plus intense. Les moments de grâce comme ceux de désarroi. On se réveille un matin accablé par toutes les choses qu'on n'aura pas le temps de faire avant de mourir, furieux contre ce cosmos sur lequel on n'a pas de prise, miné par la disparition attendue d'un pays auquel on commence à s'attacher. La beauté alentour décuple les atermoiements. On se reproche d'être malheureux au paradis, c'est indécent.

En somme, j'ai la gueule de bois.

C'est toujours dans ces moments que le ventilateur choisit de tomber en panne, car les ventilateurs sont cruels. Je n'ai pas assez dormi, des coups de soleil aux contours ridicules brûlent mon corps transformé en amas de colle et une plaque de fer cloutée pousse sous mon crâne. Curieusement, mon estomac se porte bien alors que je joue à la roulette russe alimentaire depuis mon arrivée. *Ne mange pas ça. Ne te baigne pas ici. Ne va pas là-bas la nuit.* Elles me fatiguent, toutes ces prudences d'expatriés. Je visite un pays, j'essaie de vivre au niveau de ses habitants, dans la mesure du possible. Je ne peux pas rester dans une bulle hygiéniste si je veux comprendre ce qui se passe. Tant pis si ça suppose d'aller à l'encontre du bon sens sanitaire. Je mange les beignets de l'échoppe tenue par la mégère aux ongles sales, malgré les bestioles qui courent dans ses sacs de farine. Ils sont bons, ces beignets. Et les gamins, ils se baignent tous les jours dans le lagon pollué. Pourquoi pas moi ?

J'attends le crépuscule et la marée haute, tant pis pour la merde et les maladies, je me jette à l'eau.

L'océan nettoie mon vague à l'âme, c'est aussi simple que ça.

Il y a une tombe dans mon jardin. Il y a des tombes partout. On manque de place, alors on enterre papy à côté de la maison. John a eu cette remarque pleine de justesse : « Dans ce pays, on marche tout le temps sur des morts. »

Six ou sept jeunes autour de la vingtaine zonent à l'ombre d'un arbre, à deux pas de la sépulture. Ils boivent du tord-boyaux dans des fonds de bouteille en plastique. Je fume sur le pas de la porte, une des filles me fait signe. Elle doit vouloir une cigarette, je m'approche. Elle est maigre, sale, et grogne un tas de paroles dans une élocution pâteuse. Défoncée. Le type assis à côté d'elle lui colle une gifle, puis une deuxième, de sa grosse main d'Océanien bourré. Sans raison, peut-être simplement parce qu'elle me parle, parce qu'elle parle. A-t-il vraiment besoin d'une raison pour cogner avec le niveau d'alcool qui est le sien le dimanche à 14 h 30 ? La gifle est spontanée, anodine, elle passe inaperçue. La fille ne l'a pas sentie, elle ne s'est pas arrêtée de parler. L'habitude, probablement.

Aux Kiribati, deux femmes sur trois ont déjà été victimes de violences domestiques. Parmi les volontaires I-Matang, Helena la Suédoise et Cinzia l'Italienne travaillent sur la question. Elles interviennent dans les communautés pour expliquer qu'une femme n'est ni une propriété, ni un objet. Devant ce discours, leurs inter-locuteurs masculins n'expriment pas d'hostilité. Ils ont plutôt tendance à afficher un air d'incompréhension intriguée.

Quelques jours plus tôt, une marche blanche avait lieu à Betio en mémoire de deux lycéennes violées et assassinées l'été précédent. La première personne qui m'en a parlé n'a pas voulu me détailler l'affaire. Elle a détourné le regard et baissé la voix pour me dire qu'elles étaient mortes lentement.

Parmi les nombreux mystères de Tarawa, j'avais noté ce grand schtroumpf peint sur un panneau signalant les locaux du planning familial. Je suis reçu par la directrice et deux de ses assistantes, légèrement surprises par l'irruption de cet I-Matang venu leur parler de cul au beau milieu de l'après-midi. L'épanouissement sexuel n'est pas une grande cause nationale aux Kiribati. On se marie jeune et les unions arrangées sont encore courantes, question de rationalité économique. Traditionnellement, la mère du marié doit être présente dans la chambre lors de la nuit de noces, afin de s'assurer de la virginité de l'épouse. Je fais répéter pour être certain d'avoir bien compris, et j'essaie de visualiser la situation. Pensée émue pour tous ces jeunes gens qui ont dû se débrouiller pour bander devant leur maman lors de leur premier rapport sexuel. Une mine d'or pour la psychanalyse. Bien sûr, cette joyeuse tradition tend à se perdre (tout fout le camp, que voulez-vous) et de nos jours, la famille préfère attendre en dehors de la chambre. Pas toujours, comme me l'explique la directrice : « Je peux te raconter cet épisode qui a lieu chez des cousins sur une île extérieure. Le jeune marié n'a pas réussi à déflorer sa femme, il ne savait pas comment s'y prendre. C'est donc son frère qui s'en est chargé, car il fallait que la chose soit faite. »

À l'instar des tomates, l'intimité est une denrée rare à Tarawa. Surtout à Betio la surpeuplée. Les gens y vivent les uns sur les autres, à dix dans des maisons d'une pièce. Il y a une habitation tous les trois mètres sur cette île, impossible d'échapper à la vue des voisins. Les jeunes se retrouvent dans les bois pour baiser vite et mal. « On a beau distribuer des préservatifs, le taux de MST est alarmant chez les adolescents. Des filles de 13 ans arrivent infestées de chlamydiae ». Le nombre de mères célibataires augmente. Les viols aussi.

Cette île est un vase clos où tout se sait et les ragots vont bon train. La jalousie, nourrie par l'alcool, fait des ravages. Une femme s'est immolée par le feu parce que son mari la trompait. Un mari a tué sa femme à coups de pierre. La raclée conjugale peut se pratiquer en public. La foule n'intervient pas forcément quand bobonne dérouille. Affaire de couple, affaire privée.

Malgré tout, la condition féminine progresse, lentement et surtout à Tarawa. Les femmes mariées travaillent de plus en plus et accèdent désormais à des postes élevés dans l'administration. « Nous sommes plus brillantes que nos hommes », constatent mes interlocutrices d'un air navré.

Nous avons discuté une grande partie de l'après-midi, je repars avec des sourires et une invitation à la fête d'anniversaire du planning familial. En sortant du bâtiment, je me rends compte, un peu tard, que je n'ai pas pensé à me renseigner sur la signification du grand schtroumpf sur la devanture.

Arrivé en avance à mon rendez-vous, je patiente au bord de la route en passant quelques coups de fil. Un inconnu s'approche :

— C'est ma femme que tu appelles ?

— Pardon ?

— C'est ma femme que tu appelles, hein ?

— Non, j'appelle un ami. Je ne connais pas votre femme.

Cet individu présente bien, chemise repassée et chaussures en cuir. Il n'est pas ivre, mais il a les poings serrés et le meurtre dans le regard.

Peut-être s'entraîne-t-il pour un numéro d'imitation de Robert De Niro. Peut-être est-ce un schizophrène à tendance ultra-violente déterminé à me massacrer. Je vois bien qu'il ne me croit pas quand j'affirme ne pas connaître sa femme. Ses mâchoires sont crispées, ses narines dilatées. Dans un dessin animé, il cracherait de la fumée. Cet homme est en colère. La civilisation est sur le point de s'écrouler en lui et il pèse trente kilos de plus que moi.

Je suis sorti indemne d'aventures avec des femmes mariées, il serait absurde de se faire casser la gueule par un mari dont on n'a pas écorné l'honneur. Je suis aussi revenu intact de quelques tours du monde et je commence à savoir gérer les fous furieux. Je fais mine de ne pas remarquer son état et lui demande, sur le ton le plus anodin possible, s'il sait à quelle heure ouvre le secrétariat du ministère de l'Éducation parce que je dois me renseigner sur les taux d'admission à l'université et la dernière fois que je suis passé le bureau était fermé alors comment je fais moi dans ces conditions pour faire mon travail correctement je vous le demande. Je le saoule de paroles pour faire diversion et mon détachement semble le convaincre de mon innocence. De Niro expire, se détourne et repart sans me renseigner sur les horaires d'ouverture du secrétariat, mâchouillant sa paranoïa, seul sous le soleil. Étonnante capacité des hommes à s'automutiler.

« Nous, les I-Kiribati, on est forts en bagarre de rue. Franchement, on pourrait envoyer des mecs aux championnats de free-fight, les autres se pisseraient dessus dans leur coin », affirme Ruteru sur le ton de l'évidence. Je l'ai rencontré par hasard en traînant sur la place de Bairiki. Il a la tête et le corps de Mike Tyson, un cou de taureau dissimulé par une casquette portée à l'envers. C'est le garçon le plus affable qui soit. Récemment, il s'est battu contre un homme qui dort désormais en prison pour avoir tué sa femme. « Il s'est embrouillé avec un de mes amis à la sortie d'un bar, alors j'ai dû intervenir. Je lui ai mis une mandale, je l'ai couché. Je lui ai dit : ne te relève pas. Il s'est relevé. Il n'aurait pas dû. »

Ruteru fanfaronne sans ostentation, calmement. C'est un homme de principes. Il râle contre les mecs qui se battent avec des couteaux. « Franchement, quelqu'un qui ne sait pas se défendre à mains nues, moi j'appelle ça un pédé. Il y a des règles. On ne frappe pas quelqu'un à terre. »

Ce n'est pas un bas du front. Il s'intéresse à la littérature, il est fan de Toni Morrison, fait notable dans un pays sans librairie. Il dit avoir rédigé une histoire de deux cents pages quand il était au lycée. Il sort de la meilleure école du pays, mais il est au chômage. Il a 23 ans, il est marié et vient d'avoir un bébé. Il avoue qu'il est un peu tendu en ce moment, car on n'est pas censé avoir de relations sexuelles dans l'année qui suit la naissance d'un enfant. D'après les croyances locales, cela affaiblirait la qualité du lait maternel.

Puisqu'on parle de violences, je lui demande s'il cogne sur sa femme. Réponse tranquille et sans appel : « Si un jour je fais ça, je jure que je me coupe la main. » C'est sa mère qui lui a inculqué le respect des dames. Ruteru, une version gilbertaise du gentleman.

Une fanfare de marins tourne autour de la place pour annoncer la cérémonie. Une grande scène a été aménagée pour la fête du soixantième anniversaire du Planning familial du Pacifique. Il y aura un banquet, des discours incompréhensibles et des spectacles.

Quand le premier groupe entame sa prestation, je comprends que je m'étais trompé en pensant qu'il n'y avait qu'un seul travesti dans ce pays. En fait, il y en a six. Ils sont en train de danser devant un parterre d'officiels. Je crois reconnaître la meneuse de revue, c'est la camarade qui m'a abordé au Seaman. Coiffure de palmes tressées à la mode traditionnelle, bijoux clinquants, petits hauts moulants et paréos : elles rivalisent d'élégance, à des degrés de féminisation plus ou moins élaborés. La ministre de l'Éducation se lève pour aller les parfumer, le public applaudit poliment.

J'alpague les *Lima queen pearls* à leur sortie de scène. Durant la semaine, ils sont infirmier, cuisinier ou fonctionnaire. Le week-end, elles animent des mariages ou des fêtes d'anniversaire. Je m'enquiers du niveau de tolérance à leur égard. C'est moitié-moitié. Certains se moquent, les autres s'en foutent. Ce n'est pas facile tous les jours, mais elles ne se font pas tabasser. Leur discours n'est pas politique. Elles affirment simplement leur différence en dansant. Oui, elles sont fières.

Il faut préciser le contexte juridique : l'homosexualité est illégale et la sodomie, qu'elle soit masculine ou féminine, est passible de prison. J'ignore si cette loi est appliquée. Je ne suis pas certain que le gouvernement ait les moyens d'entretenir une police anale.

Sur la scène, les *Lima queen pearls* ont cédé la place à un crew hip-hop qui donne une performance mêlant danse et comédie, entrecoupée de textes préenregistrés. Si j'en crois les pouffements du public, il est question de bite. Le show est rodé. Toute la semaine, l'équipe a prêché la bonne parole – mettez des capotes – de village en village.

Le rôle de Monsieur Loyal est tenu par Uatioa, un jeune de Betio dont on s'accorde à dire qu'il est le rappeur le plus en vue du pays ; il est connu jusque sur les îles extérieures. Son costume de scène : des Crocs, un bermuda et des lunettes Dolce & Gabbana contrefaites.

Uatioa fait son beurre en enregistrant des morceaux de commande pour des anniversaires ou des déclarations d'amour. Il écrit aussi sur des thèmes lui tenant à cœur, comme le tri des déchets, la prévention de l'alcoolisme ou le changement climatique. On peut donc le classer dans la catégorie des rappeurs citoyens à message. Ses idoles se nomment Lil Wayne ou Ludacris, stars du gros rap américain actuel. Il n'a jamais entendu parler de Public Enemy.

Je perçois une réticence chez mon rappeur, notre conversation est hésitante. Il ne comprend pas vraiment pourquoi je l'interviewe. Je l'amadoue en lui collant *Ma Benz* dans les oreilles. Ça le décrispe et il m'explique sa gêne. «Je ne voudrais pas que tu parles trop de moi, c'est malpoli de se mettre en avant dans notre culture. »

Scoop mondial : je viens de dénicher le premier spécimen de rappeur timide. Uatioa me demande une cigarette, qu'il range dans son sac. Il ne veut pas la fumer en public, ça ferait mauvais genre.

Ils s'entraînent tous les soirs pendant deux heures sous la petite maneaba en tôle du village de Nanikai. Cernés par une nuée de gosses, les onze membres du Nani crew répètent leurs pas. Un puriste hip-hop ferait peut-être la moue. Certains mouvements sont bien issus du break, mais on se rapproche parfois dangereusement du vilain R'n'B qui tache et des chorégraphies bollywoodiennes. Certains danseurs sont bons, d'autres non. Certains vont au lycée, d'autres non.

Ils se produisent un vendredi sur deux, lors du Friday payday. Les compétitions ont leur importance, le vainqueur peut empocher 500 dollars, une fortune. S'il gagne, le Nani crew investira dans des costumes. Ce ne serait pas un luxe, ils dansent avec des t-shirts troués.

On compte dix-huit crews à Tarawa, c'est beaucoup pour 50 000 habitants. Si le hip-hop s'est infiltré dans les moindres recoins du monde, même ici, c'est qu'il suffit d'une poignée de jeunes désœuvrés autour d'une enceinte pour enclencher une dynamique. Cette île manque de tout, sauf de jeunes désœuvrés.

Tous les soirs à 18 heures, les gars du Nani crew construisent quelque chose avec leur corps au moment où d'autres vont se noyer dans le houblon. Ils créent leur propre truc à partir de rien : c'est du hip-hop.

Il est grand temps d'aller explorer les îles extérieures, dont on me vante l'authenticité et le mode de vie traditionnel, si différent de celui de cette Tarawa massacrée par la surpopulation. J'ai d'abord pensé à Abaiang parce que Corto Maltese y a fait des siennes. Hugo Pratt a expliqué que l'île lui avait servi de modèle pour son Escondida dans *La Ballade de la mer salée*. J'ai relu l'ouvrage, Hugo Pratt s'est bien foutu de nous ; il y dessine des falaises, paysage inconcevable aux Gilbert.

Mon choix se portera sur Abemama pour deux raisons :

– elle est située à 0 degré de latitude. J'aurai un pied de chaque côté de l'équateur.

– Robert Louis Stevenson y a séjourné. Ça ne peut pas faire de mal d'avancer sur les traces de quelqu'un comme lui. En outre, par rapport à Corto, Stevenson présente cet inestimable avantage d'avoir existé.

Air Kiribati n'étant pas la compagnie aérienne la mieux organisée qu'on puisse imaginer, il m'a fallu faire preuve de patience et de pugnacité pour me procurer un aller-retour. J'ai remarqué qu'on avait tendance à me taper sur l'épaule en souriant d'un air entendu quand je prononçais le nom d'Abemama. J'ai fini par apprendre que l'île était considérée comme la capitale gilbertaise de la fellation et je jure sur John Lennon que je l'ignorais avant de choisir cette destination.

La veille de mon départ, au restaurant, on m'a introduit auprès d'une tablée de trois personnes, deux femmes et un homme, originaires d'Abemama la sulfureuse. La conversation suivante a lieu avec une quadragénaire gironde, au décolleté profond et au regard pénétrant.

— Alors, qu'est-ce que je dois visiter à Abemama ?
— Tu as entendu parler de l'université ?

— Non. Il y a une université sur une aussi petite île ?

(Éclats de rire chez eux, froncement de sourcils chez moi.)

— C'est une université des compétences personnelles.

(Les rires redoublent, je comprends.)

— Le reste du pays est assez conservateur sur les questions de mœurs, mais nous sommes très libéraux.

— Je vois.

— Bien sûr. Tu es français, tu es censé être passionné et romantique.

— Il ne faut pas toujours se fier aux clichés.

— Tu sais qu'il faut respecter les traditions. Or, chez nous, un homme ne peut pas refuser les avances d'une femme. Ce serait très impoli.

— Je ne vais rester que quelques jours, il y a peu de chances qu'on me propose quoi que ce soit.

— Si, si, tu verras. Les femmes sont très directes. Ne t'étonne pas si elles te posent des questions sur la taille de ton membre.

— …

— Chez nous, quand on est marié avec quelqu'un, on peut coucher avec ses frères ou sœurs. Par exemple, elle c'est ma sœur, et lui c'est son mari. Je peux coucher avec lui si je veux. La jalousie n'est pas une attitude très appréciée à Abemama. Tant que ça reste dans la famille, bien sûr.

(Je crois qu'on se paye ma tête. Ce doit être la jurisprudence Margaret Mead. (Dans son *Growing of age in Samoa* (1928), la célèbre anthropologue américaine opère une description de la sexualité samoane basée sur des interviews de jeunes femmes. L'ouvrage a contribué à développer le mythe de la légèreté des mœurs océaniennes. Le travail de Mead fut remis en cause des décennies plus tard, les jeunes femmes interviewées à l'époque avouant qu'elles lui avaient raconté n'importe quoi, histoire de blaguer)).

— Et il y a une magie particulière à Abemama ?

— On a des philtres d'amour.

— Décidément.

— Oui, on est très romantiques, je te dis.

— Je vois. C'est intéressant.

— Amuse-toi bien. Et n'oublie pas tes capotes.

— Heu... Bien, je vous raconterai quand je reviens.

— Mais j'y compte bien (œillade).

Une précision : mon interlocutrice occupe la fonction de chef de cabinet au ministère des Affaires étrangères.

— L'avion pour Abemama ? Il est parti depuis deux heures. On a avancé l'horaire. On ne vous a pas prévenu ?

— Non, on ne m'a pas prévenu.

— Vous ne voulez pas aller ailleurs ? Il y a un vol pour Maiana dans l'après-midi.

Non, je veux marcher sur les traces de Robert Louis Stevenson et Robert Louis Stevenson n'a pas marché à Maiana.

C'est en maugréant que je rentre de l'aéroport, de l'autre côté de l'île. J'ai passé une matinée dans le bus pour rien. À l'agence de voyages, l'employée s'esclaffe quand je lui explique la situation. Je suis traversé par l'envie fugace d'insulter cette connasse. Je me ravise. Elle ne se moque pas, elle exprime sa gêne. En théorie, il faudrait que j'engueule ce ramassis d'incapables pour faire valoir ma dignité de consommateur. À quoi bon ? J'irai à Abemama la semaine prochaine. L'île sera toujours là, à moins que le niveau de la mer ne s'élève beaucoup plus vite que prévu.

Claire, la militante climatique, m'a donné rendez-vous à l'église de Teoraereke. Je supposais qu'on se retrouverait à la sortie de la messe. C'est en fait le début du service. Je ne peux pas fuir, coincé face à Dieu. Je viens de tomber dans un traquenard religieux.

Le prêtre est un vieillard sévère et tranchant. « Dieu est amour », clame-t-il sur un ton menaçant. Aucun amour n'émane de cet homme tout en sécheresse. Jamais un sourire ni une parole bienveillante. Juste un exercice de l'autorité teinté d'amertume. Il est blanc, australien, caricatural. Mal réveillé, je dois endurer les leçons de morale de ce type qui boit du vin le dimanche à 8 heures du matin.

La lecture de la Genèse qui suit nous enseigne que la femme est le produit d'un os surnuméraire de l'homme. Il faut garder à l'esprit que dans cette culture orale où les mythologies tiennent lieu d'Histoire, une partie de l'audience entend ce texte au sens littéral.

Pendant le sermon rappelant que le divorce est un péché, un dépôt blanchâtre s'accumule à la commissure de ses lèvres. Pas un mot sur la violence dans le couple. Ce célibataire aigri distribuant ses conseils conjugaux pourrait être simplement grotesque, il en devient obscène. Au moment où tu parles, des mères de famille recomptent leurs dents éparpillées par la cuite de la veille, et tu gaspilles ta salive à expliquer, en substance, qu'une femme vaut moins qu'un homme. Que Dieu te pardonne.

— Je vous ai préparé un petit Powerpoint avec des photos d'époque.

Sœur Margaret a 83 ans et elle pianote sur son PC à la vitesse du geek.

Elle est un peu dure d'oreille mais fait preuve d'une vivacité déroutante, soulignée par des yeux bleus perçants et une voix assurée. Elle se lève toutes les minutes pour se ruer vers sa bibliothèque, en sortir un nouveau livre et me le mettre entre les mains. En photo, avec sa tunique et ses cheveux gris, Margaret Sullivan ressemble à une petite vieille comme une autre. En mouvement, c'est une tornade. Elle est l'archiviste de la congrégation du Sacré-Cœur et elle sait tenir sa boutique. Cette pièce abrite le fonds documentaire le plus intéressant du pays. Le bureau est surclimatisé pour protéger les livres, j'ai froid pour la première fois depuis longtemps, bonheur.

L'octogénaire est pleine de projets. Elle compte faire traduire et publier des lettres de sœurs françaises installées ici au tournant du xxᵉ siècle. Elle me submerge d'histoires sur la progression du christianisme dans le Pacifique. Mais c'est son histoire à elle qui m'intéresse. Celle d'une jeune fille qui aimait Dieu et avait le goût du large, comme son modèle saint François-Xavier, grand évangélisateur de l'Asie au xvIᵉ siècle. Après une première mission chez les aborigènes, elle a embarqué depuis Melbourne avec deux autres sœurs sur un navire à phosphates. C'était en 1954. Elle me tend une photo d'elle à cette époque. Une jeune et jolie femme, en cornette, chevauchant une moto sur une piste poussiéreuse. La bonne sœur aventurière a connu Tarawa avant l'urbanisation, quand l'île comptait 6 000 âmes. Elle a aussi travaillé sur les îles extérieures, où « la vie n'a pas vraiment changé au fil des décennies ». Sœur Margaret a enseigné dans les écoles des quatre coins du pays, alphabétisant des généra-tions de petits catholiques. Elle a pour cela appris le gilbertin, qui ne comporte que treize lettres et trois temps. Le présent est souvent utilisé à la place du passé, ce qui traduit sans doute un rapport au temps troublé par le fait que chaque jour ressemble au précédent. Les structures du gilbertin sont peu complexes, je suis donc épaté d'apprendre l'existence de plusieurs modes de numération. On n'emploie pas les mêmes mots pour dire 1, 2 et 3, si l'on compte des cochons ou des bateaux, subtilité arithmétique qui traduit sans doute le fait que les hommes aiment se compliquer la vie.

Sœur Margaret m'ouvre les portes de son couvent, un havre de quiétude niché dans Tarawa la bruyante. Vivent ici quelques vieillardes, pas toutes aussi énergiques qu'elle, tant s'en faut. Elle me prépare du thé, m'incite à reprendre des biscuits, comme le ferait la grand-mère qu'elle a choisi de ne pas être en épousant Dieu. Voilà deux heures que nous discutons, je propose de m'éclipser ; je ne voudrais pas la fatiguer. Elle ne me laissera pas partir avant d'avoir visité le jardin du couvent, où des sous-vêtements de nonnes sèchent sur des fils tendus entre les cocotiers. Il faut aussi que je voie son piège à poissons installé derrière la digue. Malgré cette protection, le couvent est parfois inondé.

« Dieu te bénisse », me lance-t-elle alors que je m'apprête à partir. Merci Margaret Sullivan, face souriante de la religion, celle qui passe plus de temps à se rendre utile qu'à inculquer des préceptes moraux à des populations qui n'ont rien demandé.

Une dernière chose avant de poursuivre ma route :

— Comment qualifieriez-vous le peuple I-Kiribati ?

— Il est hospitalier et fataliste.

— Vous auriez pu revenir en Australie ? Ou partir en mission ailleurs ?

— Oui, j'aurais pu.

— Pourquoi êtes-vous restée, Margaret ?

— J'aimais les gens d'ici.

Je crois que cette femme est heureuse.

J'avais appelé le matin même pour confirmation. Prudent, je suis arrivé à l'aéroport avec une heure d'avance pour éviter que le vol ne parte sans moi. Finalement, l'avion pour Abemama décollera en retard. J'ai tout mon temps pour discuter avec les passagers en attente, des familles aux bras chargés de paquets, de gâteaux d'anniversaire ou de seaux de provisions. Au milieu de la troupe locale, on ne peut pas rater ce quinquagénaire avec une chemise fermée jusqu'au col, une cravate et un badge annonçant son titre et son nom. Elder Bush. Il répond au prénom de Val, vient de l'Idaho et porte une casquette de base-ball qui protège sa calvitie de la férocité du soleil. Un missionnaire mormon, catégorie chef, accompagné d'un acolyte local.

De ce mouvement, je ne connais que la surface, à savoir la compulsion généalogique et le prosélytisme acharné. Elder Bush est trop heureux de répondre à mes questions. L'église de Jésus-Christ des saints des derniers jours est implantée aux Kiribati depuis les années 1970 et a déjà conquis quelque 15 % de la population, alors que le marché est saturé par des entreprises religieuses présentes sur le territoire depuis plus d'un siècle. Comme à São Paulo ou à Clermont-Ferrand, on croise les mormons partout aux Kiribati, arpentant la route par paquets de deux pour semer la bonne parole, étouffés par la chaleur dans leur impeccable uniforme serré, dont ils ne peuvent se débarrasser sans enfreindre le règlement.

Val présente des atours typiquement américains, un optimisme inné, une cordialité naturelle et un aplomb sidérant pour débiter des conneries à la chaîne. Il enseigne les sciences et considère le darwinisme comme une spéculation inadmissible. Je n'essaie même pas de lui faire entendre raison, ce serait peine perdue. Ce n'est ni un abruti, ni un dangereux fanatique, il n'accepte simplement aucune vérité contredisant ses livres saints, dont il me cite des tirades à tout propos. Pour éviter de lui donner trop d'espoir quant à l'hypothétique sauvetage de mon âme, je lui fais comprendre que je suis un mécréant fornicateur, rationnel et imperméable aux fariboles bibliques, auxquelles je concède toutefois une certaine puissance littéraire. Il ne s'en offusque pas et nous continuons à discuter poliment. Les mormons sont sympas.

Air Kiribati possède deux avions qui tournent en permanence pour relier les îles extérieures à Tarawa, centre de la civilisation. Notre appareil, une quinzaine de places, a déjà effectué plusieurs rotations aujourd'hui. L'odeur de kérosène envahit la cabine. Les hublots sont consolidés avec du ruban adhésif. Voler sur Air Kiribati relève du pari pascalien.

Je me retourne vers Val, assis derrière moi :

— Je vais peut-être me convertir, finalement.

Il marque un temps de surprise avant de m'adresser un sourire entendu.

Il a compris que je plaisantais.

J'ai attendu d'être dans l'avion pour l'ouvrir. L'édition française contemporaine étant épuisée, j'ai déniché chez un libraire spécialisé en livres rares l'exemplaire 132 de l'édition originale NFR, datée de 1920. Son papier, moucheté par le temps, dégage une odeur de classique. L'objet est fragile, j'ai dû l'emballer dans une pochette plastique étanche pour le préserver. Ce n'est plus un livre, c'est un talisman. Il va retourner sur les lieux qui l'ont inspiré, pour peu que nous arrivions à bon port : *Dans les mers du Sud*, de Robert Louis Stevenson. *Récit d'expériences et d'observations faites dans les îles Marquises, les Pomotou et les Gilbert au cours de deux croisières sur le yacht* Le Casco *(1888) et le schooner* L'Équateur.

La partie consacrée à Abemama, qui clôt le récit, relate l'amitié nouée entre l'écrivain écossais et le roi Tembinok, personnage invraisemblable qui aujourd'hui encore habite les mémoires locales. Tembinok (ici appelé Vinoka) y est décrit comme un guerrier redouté, un monarque ayant bâti sa fortune sur le négoce du coprah, un génie politique traitant d'égal à égal avec les Européens, le « dernier tyran, dernier vestige encore debout d'une société aujourd'hui disparue ». C'est aussi un ami des arts, un esthète, un collectionneur prêt à se ruiner pour acquérir les merveilles manufacturées des navires commerçants. Un personnage truculent, un gros lard à la démarche « lourde, trébuchante et éléphantine », à l'œil « brillant, impérieux et scrutateur ». Stevenson se délecte à dresser le portrait de cet excentrique vêtu de « déguisement de sa propre invention », enfilant selon l'humeur robes de femme ou uniformes de marine, lunettes bleues ou casque de liège. Du pain bénit pour un écrivain.

Le vol et l'atterrissage se déroulent sans encombre, j'ai bien fait de ne pas précipiter ma conversion au mormonisme. Le pilote ouvre sa portière et se penche à l'extérieur pour évaluer les distances en faisant son demi-tour. L'avion s'immobilise devant une baraque au toit de tôle où je dois me renseigner sur les possibilités de retour. Un vieil édenté dirige cette tour de contrôle décorée d'un petit autel, de portraits de papes et des fleurs baignant dans un vase Nescafé.

— L'avion revient quand ?

— Dimanche.

— Vers quelle heure ?

— Oh, le mieux c'est de venir le matin.

Le moustachu qui s'est occupé de décharger les bagages m'embarque à l'arrière de sa moto. Nous partons vers le nord et je constate que la route d'accès à l'aéroport et la piste d'atterrissage ne font qu'une.

L'île a dû changer depuis l'époque de Stevenson et Tembinok, mais pas tant que ça. Parmi les signes de modernité, une grande antenne radio, des lignes téléphoniques, mais pas de réseau cellulaire. Des générateurs et des panneaux solaires. Quelques constructions solides, par-ci par-là. On se déplace avec des véhicules à moteur munis de deux roues et, exceptionnel-lement, de quatre.

Pour le reste, c'est une longue bande verte se recroquevillant en pinces de crabe, finement encadrée par l'argent de ses plages et abandonnée dans son écrin turquoise. La végétation, dense, protège et nourrit les trois mille autochtones. À l'inverse de Tarawa, Abemama paraît inhabitée vue du ciel.

Mon moustachu me dépose au Council guest-house, le bâtiment gouvernemental qui fait office d'hôtel. Personne pour accueillir l'éventuel client. Le bâtiment est ouvert, une salle à manger et quelques pièces dépouillées en guise de chambres. Je choisis de m'installer à l'extérieur, dans une *kia kia*, légère cabane sur pilotis dont les lattes espacées laissent se faufiler la brise du large.

La plage n'est pas recouverte de détritus. Pas de pollution, pas de bruit, rien. Le crépuscule approche, des nuages orange décorent l'horizon au-delà du récif. Tout est calme et la permanence de l'océan me tend les bras.

Je n'ai plus qu'à reléguer toute ironie au fond de mon être pour me laisser emporter par une simple communion avec la nature.

L'eau est chaude, le paysage intact et la lune pleine. Assis sur le sable, à demi immergé et ballotté par les vaguelettes, je trouve mon équilibre entre les éléments. Je suis ici : 0° 23' 59" N / 173° 52' 37" E.

Aucun humain n'encombre mon champ de vision, je flotte à l'équateur et je suis à peu près sûr que la lune me fait un clin d'œil. Le reste du monde s'est effacé.

J'ai tourné la manette, un filet de liquide marron a jailli du tuyau et au bout de quelques secondes, j'ai dû renoncer à l'idée pourtant plaisante de prendre une douche. Quand j'ai tenté d'expliquer le souci, la tenancière de la guest-house, qui s'est finalement manifestée, a haussé les sourcils. C'est une gentille quinqua-génaire à la démarche tordue qui ne parle pas un mot d'anglais. Elle me fait comprendre que le prix de la nuitée inclut trois repas par jour et qu'elle va préparer le petit déjeuner.

Je me replonge dans Stevenson quand deux hommes franchissent le seuil de la salle à manger. Ils sont impeccablement rasés, portent des chemises blanches repassées et des badges.

Elder Bush et son acolyte, Elder Sam, ont posé leurs bibles ici. Il ne faut pas se voiler la face, je suis coincé aux frontières du monde avec des mormons.

Une heure plus tard, le petit déjeuner arrive sur la table. Des spaghettis bolognaise froids sortis d'une boîte de conserve et une tranche de pain de mie. Elder Bush fait la moue, ôte sa casquette, place sa main devant les yeux et marmonne sa prière. Impossible de douter de la foi d'un homme remerciant Dieu de lui avoir fourni une telle nourriture.

À l'office du tourisme de Tarawa, on vend Abemama sur le thème Stevenson-Tembinok. Deux personnages illustres dans un coin pareil, ça se valorise. Je suis bien décidé à explorer les vestiges du palais du roi et d'Équateur-ville, le camp fondé par l'équipée de l'écrivain. Je vais exhumer une caisse enfouie au pied d'un cocotier, contenant des manuscrits oubliés qui se révéleront être des classiques en puissance. Abemama sera mon île au trésor.

Il n'y a pas de bus ici, il me faut un véhicule pour mettre ce plan à exécution. Je marche jusqu'à la première maison venue et, après une brève négociation, je repars avec la Honda du propriétaire. Pour faire le plein, je m'arrête à la bicoque qui tient lieu d'épicerie. Le commerçant tire le jerrican de ses étagères où somnolent quelques paquets de chips et des boîtes de corned-beef périmées. Il se saisit d'un entonnoir pour me servir un bol d'essence. Pourvoyeur de carburant, cet homme occupe un poste stratégique sur l'île, il devrait pouvoir me renseigner.

— Je cherche la maison du roi Tembinok.

— Ah mais vous savez, il est mort il y a très longtemps, me répond-il sans la moindre intention humoristique.

— Oui, je sais. Je cherche juste sa maison.

— Et vous ne voulez pas rencontrer le roi Donald ?

Comment n'y ai-je pas pensé plus tôt ? Il y a toujours un roi à Abemama. Il s'appelle Donald, certes, mais il descend du mythique Tembinok. Oui, je dois absolument le rencontrer si je veux marcher sur les traces de Stevenson. Cent vingt-trois ans après l'auteur de *Docteur Jekyll et Mister Hyde*, un écrivain européen perdu dans les limbes du Pacifique devient le conseiller de la cour, le frère du roi, une légende locale. Les indigènes vont me donner un surnom – j'imagine qu'ils choisiront quelque chose comme « Le fils du ciel

au regard placide » ou « Le Blanc qui va partout ».
Je vais fonder une ville et l'office du tourisme des
Kiribati, dans cent ans, promettra un parcours
Donald/Blanc-Gras aux visiteurs.

Plusieurs paramètres, hélas, entravent ma
postérité océanienne.

Ce livre ne sera pas traduit en anglais.

Ce pays aura disparu dans cent ans.

Ce roi Donald est absent. Il voyage en Australie
– ou en Chine, selon les versions. Et bien sûr, s'il
a le titre royal, il n'a plus le pouvoir – on est dans
une république – bien qu'il détienne toujours
une bonne partie des terres de l'île.

Tant pis pour le roi, je vais parcourir cet atoll en
attendant qu'une histoire se jette sur moi ; c'est
ce que j'ai fait toute ma vie. Je roule jusqu'au
premier hameau où, de bon matin, les hommes
sont déjà occupés à ne rien faire. Il me suffit de
descendre de moto, de dire *mauri* et on m'invite
à l'ombre pour partager le petit déjeuner. C'est
touchant, autant d'humanité dans si peu de
vêtements.

Ces villageois vivent de ce que la nature leur
tend. Un bermuda, une casserole ou un ballon
de volley rappellent que nous sommes au
XXIe siècle. Le toit et la nourriture, l'essentiel,

sont fournis par l'océan et la forêt se tenant sous leurs yeux.

Une mère fracasse une noix de coco, en fait jaillir des copeaux qu'elle verse dans une eau sucrée par quelques gouttes de toddy. C'est la sève du cocotier, fraîchement recueillie par un adolescent. Il faut chanter quand on grimpe aux arbres, par plaisir mais aussi par bienséance. Le chant prévient les femmes qui feraient leur toilette qu'un homme dispose d'une vue panoramique. Quoique, si la réputation de légèreté d'Abemama est justifiée, il n'est pas certain que ça les effarouche.

Je suis au milieu de l'île, deux itinéraires s'offrent à moi. À droite ou à gauche. Je prends à gauche et je roule lentement, pour remercier le paysage. Les palmiers succèdent aux palmiers dans une monotonie aux vertus hypnotiques. Mon cerveau travaillé par le soleil vagabonde dans un registre lunaire proche de la béatitude, ou peut-être de la débilité. Je chante sur ma moto, je salue les chiens qui croisent mon chemin. Tiens, un palmier. La route est droite, je m'égare dans mon dédale intérieur. Contemplatif mais mobile, ouvert à tous les vents et traversé par des flux de conscience, dans un état de sensibilité accrue, de douce perméabilité au monde. J'avance dans la joie calme de l'instant, porté par ma merveilleuse solitude.

La tombe n'est pas entretenue, ni décorée. Simplement un tombeau massif et fissuré, sans inscription, recouvert de gravier. Le roi Tembinok repose avec vue sur le lagon, sa dernière demeure sert de terrain de jeu aux enfants du village.

À deux pas de la sépulture, une petite assemblée est en train de déjeuner. Je m'approche pour demander où se trouvent les vestiges du palais. On veut bien m'y emmener, il faut juste que j'accepte auparavant de partager leur repas. C'est un banquet réunissant les familles de jeunes mariés, avec une profusion de poisson, de riz, de porc et de beignets. La communication est limitée, mais je parviens à comprendre que j'ai intérêt à finir mon assiette. Au moment de partir, je laisse un paquet de cigarettes sur la table en guise de remerciements, ce qui me vaut une salve d'applaudissements.

Un vieux villageois me conduit à travers les bois jusqu'à l'emplacement du palais. Dans son livre, Stevenson décrit une petite ville entourée de palissades et pavée de corail, abritant une vingtaine de constructions, habitations des femmes du harem, arsenal garni de fusils garants de l'autorité et magasins de curiosités amassées par le roi.

Il ne reste rien, si ce n'est un dérisoire bout de pilier – ou alors, je ne suis pas au bon endroit.

C'est tout ce qui survit de ton faste, Tembinok. Ta splendeur ne pouvait se figer dans l'archi-tecture, sous ces climats qui condamnent les bâtiments à l'éphémère. Ta légende s'ancre dans les lignes d'un écrivain auquel tu as eu le flair de donner ton amitié. Stevenson avait vu juste, tu étais un gros malin. Tous les grands rois ont des scribes, le destin en a mis un sur ta route et tu n'es pas tombé sur le pire. Te voilà éternel.

Quand je rentre à la guest-house, un repas préparé par la gentille tenancière m'attend sur la table. Je suis confus madame, j'ai déjà mangé. Elle a l'air déçue. Elle reprend le poisson en sauce pour le stocker dans un placard – il n'y a pas de frigo. Il y passera l'après-midi caniculaire ; elle me le resservira ce soir.

Il y a une brouette sur le toit de la maison et aucun signe de vie à l'intérieur. Debout, là-dedans. Il n'est pas très délicat de réveiller les gens, mais je ne reviendrai pas de sitôt et je veux rencontrer Teea Bounnang avant mon départ. Elle sort de chez elle encore assoupie, cheveux grisonnants mi-longs, paréo bleu et débardeur blanc, accompagnée d'un mari bien plus jeune qu'elle.

J'aimerais pouvoir dire qu'elle est la reine d'Abemama, mais ce n'est pas le cas. Teea descend d'une sœur de Tembinok, c'est la cousine du roi Donald. Elle n'a pas de dents supérieures, ce qui ne l'empêche pas de dégager une assurance aristocratique de bon matin, et de répondre sans rechigner au devoir de représentation que lui impose son rang. À titre personnel, j'envoie paître les inconnus qui sonnent à ma porte à des heures pareilles. Teea m'invite à m'asseoir dans la cuisine et fait chauffer de l'eau.

— Ça vous dérange si je fume ?

Elle sort un bloc compact et noirâtre qui ressemble à s'y méprendre à une savonnette de shit. S'ils s'envoient des gros joints au réveil, il ne faut pas s'étonner que la monarchie ait perdu de son aura. Il s'agit en réalité de feuilles de pandanus compressées, qu'elle fait venir d'Angleterre. Tout cela ne me semble pas très logique, il y a des pandanus partout autour de la maison. Mais j'ai arrêté de me soucier de toute rationalité depuis que j'ai vu des boîtes de thon importées dans les magasins de Tarawa.

Teea a 47 ans, elle est grand-mère neuf fois. Elle a vécu un temps aux Fidji. Elle en est revenue. Trop de bruit, trop de relief. Si j'étais taquin, je dirais que la vue d'une montagne peut épuiser un I-Kiribati.

Abemama, c'est tranquille. Elle déplore toutefois que les temps changent. Le respect se perd, les jeunes ne descendent même plus de moto quand ils passent devant les maneabas.

Puisqu'on parle du bon vieux temps, je demande ce que sont devenues les collections de Tembinok. « Dilapidées au fil des générations. » Et puisqu'on parle de Tembinok, elle insiste sur le fait qu'il n'était pas un tyran, mais un monarque aimé de son peuple.

Teea me renseigne sur les aptitudes requises pour être digne de la couronne. « Les rois savent se battre. Ils doivent connaître la généalogie. Et ils doivent savoir naviguer jusqu'à Tarawa sans GPS. » On peut donc supposer que Juan Carlos ou Elizabeth II manquent de compétences pour régner à Abemama.

Faire partie de la famille royale est un honneur, c'est aussi des devoirs. À en croire Teea, ce statut n'est plus si enviable de nos jours. « Les gens continuent à venir nous voir avec des requêtes et on se doit de les aider, parce que nous portons le titre. Mais ce n'est plus comme avant, quand les gens nous apportaient de la nourriture. Maintenant, il faut qu'on se fasse à manger nous-mêmes. »

Teea tire une bouffée sur son étrange cigarette, pensive. Resté à ses côtés tout au long de l'entretien, son mari n'a pas dit un mot. C'est elle la patronne. Bon sang ne saurait mentir.

On refait toujours les mêmes erreurs. Je viens de tomber dans un autre traquenard religieux. Elder Bush m'a proposé de m'amener à l'aéroport avec le van des mormons locaux. J'ai accepté.

— On part juste après la messe, il faudra que tu y assistes.

Le mormon est sympa, mais rusé. Ainsi soit-il, après les pentecôtistes et les catholiques, j'assisterai à la messe mormone – pas de jaloux. Elle se tient sous une toute petite maneaba et réunit une trentaine de personnes assises sur des nattes de pandanus tressés. Premier scandale : ils forcent des enfants de 6 ans à porter des cravates. Nous sommes sous l'équateur, il fait trente-cinq degrés en permanence et il n'y a pas de mot pour décrire l'humidité. Ces gens vivaient très bien en pagne avant l'arrivée des Européens endimanchés, puis du made in China.

Alors comment expliquer l'expansion de ce culte encravaté sous les températures des Kiribati ? Le marketing mormon est bien connu pour son efficacité. Il s'accompagne de vraies actions sociales, comme la construction dans ce village d'un réservoir d'eau de pluie, siglé LDS (pour Latter Day Saint). À Tarawa, l'école Moroni est l'une des mieux équipées du pays et les frais de scolarité sont réduits pour les élèves mormons, ce qui encourage les conversions. Il serait toutefois exagéré de dire que cette église ne fait qu'acheter les âmes via l'humanitaire ou l'éducation. Certaines structures mentales sont favorables à l'accueil du dogme, comme en témoigne la passion commune aux mormons et aux I-Kiribati pour la généalogie.

La cérémonie est encadrée par quatre mission-naires. Val et son acolyte, en visite, et deux autres jeunes en poste ici. L'un vient des Vanuatu, l'autre d'Arizona. C'est la règle chez les mormons. Les jeunes doivent partir un an ou deux pour répandre la parole divine. Ces deux garçons de 19 ans sont coincés pendant des mois sur une île certes paradisiaque mais dépourvue de night-club et de Playstation. Le protocole missionnaire les astreint à un mode de vie très réglementé. Alcool, cigarette et bisous prohibés. Ils ne sont autorisés à appeler leurs parents que deux fois par an. Rien qui puisse les détourner de leur vie de prières et de prosélytisme. L'acné, on s'en doute, fait des ravages chez nos jeunes amis contraints de refouler les pulsions de leur âge.

Cette tradition missionnaire leur confère toutefois un avantage sur la plupart des autres religions américaines. Les mormons voyagent. Ils en tirent une connaissance du monde extérieur, apprennent une langue étrangère. Même si leurs horizons sont formatés par une vérité révélée, ils ont expérimenté l'altérité.

Les quatre missionnaires baptisent un enfant de 8 ans en posant leurs mains sur son front innocent et en récitant des formules magiques. Une âme de sauvée.

Un fidèle prend la parole, il a une histoire à partager. La semaine précédente, il s'est disputé avec sa femme. Il s'est emporté et a frappé ses enfants. À ce moment-là, il a bien senti que l'Esprit saint l'avait quitté. Les trémolos de sa voix ne sont pas feints. C'est un homme de 25 ans, il fond en larmes. Il a honte. Il ne recommencera pas. Il pleure pendant un quart d'heure, s'humiliant dans l'espoir d'une absolution, avant que des applaudissements ne saluent sa prestation. Bel exemple de confession publique expiatoire, quelque part entre les alcooliques anonymes, un talk-show pour ménagères et l'autocritique maoïste. Catharsis sociale sous l'égide de Jésus-Christ.

Val, en bon chef missionnaire, conclut la cérémonie. Il commence par exprimer sa joie d'être ici. « Vous êtes une source d'inspiration pour nous », jure-t-il à ses sauvages. C'est une des formules les plus répandues dans les discours automatisés dont les Nord-Américains ont le secret, et une des plus hypocrites qui soient.

Val rappelle qu'il faut être gentil avec sa famille et essayer d'être une meilleure personne chaque jour de sa vie (jusque-là, j'adhère). Il présente ensuite un exposé sur la hiérarchie de l'église des saints du dernier jour, en rappelant à quel point il est important de respecter l'autorité. Je reste estomaqué quand il achève sa prestation par : « Je vous rappelle que je parle au nom du Christ. » Tout mon être se retient de hurler : « Mais pour qui tu te prends, mec ? » J'ai beau avoir de la sympathie pour Val, je crois qu'il est parfois atteint de bouffées délirantes.

À la fin du service, Val m'annonce qu'il a un cadeau pour moi. À vrai dire, je m'y attendais. Me voici l'heureux propriétaire d'un livre sacré. Je pouffe intérieurement tout en lui tendant une main sincère pour le remercier, car son geste part d'une bonne intention. Il veut du bien à mon âme. J'aime aussi l'idée que Val et moi puissions communiquer cordialement, en dépit de l'incompatibilité de nos systèmes de valeurs.

Penchons-nous sur cet ouvrage. Il s'agit du Livre de Mormon, qui complète l'Ancien et le Nouveau Testament, car ces chrétiens-là ne font rien comme les autres. Résumons rapidement : quelques siècles avant la naissance du Christ, des prophètes se sont rendus sur le continent américain (ça commence bien) pour enterrer des textes sacrés, gravés en égyptien sur des plaques d'or. Dans les années 1820, Joseph Smith, un adolescent new-yorkais, reçoit la visite de Jésus (oui, Jésus a passé un week-end à New York au XIXᵉ siècle) et d'un messager céleste nommé Moroni. Ce dernier lui révèle le contenu des plaques d'or et pour fêter ça, Joseph fonde sa propre religion. Le Livre de Mormon, c'est la traduction anglaise de ces textes égyptiens. Toute cette mythologie est donc un peu moins crédible que du Tolkien, et je tiens à rappeler qu'un type qui croit en ces calembredaines a failli devenir président des États-Unis.

Toujours est-il que les fidèles de Joseph Smith ont ensuite migré vers l'ouest pour fuir quelques persécutions et se sont installés à Salt Lake City. Ils ont ainsi pu commencer à rentrer des noms dans leurs listings et à ponctionner 10 % des revenus de leurs adeptes, dont le nombre s'élève tout de même à 14 millions. Faites le calcul.

Des ouvriers portent des sacs de ciment aux abords du village de Tanimainiku. Impression de déjà-vu. La route est effondrée, coupée en deux, mangée par l'érosion. Des arbres déracinés s'allongent sur la courte plage. La mer attaque par en dessous. « On a dû déplacer la route trois fois. Tous les dix ans, on la reconstruit un peu plus loin. La mer la rattrape toujours», m'explique Mapuola, le maître d'ouvrage chargé de la construction de la digue. Le mur sera long de six cents mètres, trente-six personnes y travailleront durant trois mois. C'est le troisième à cet endroit-là. Les précédents, faits de pierres, ont été balayés. Déclaré prioritaire par le gouvernement, le projet de digue a été lancé en 2007. Les travaux ont commencé cinq ans plus tard.

Tarawa croulant sous les effets conjugués du maldéveloppement et du réchauffement climatique, on aurait pu envisager la solution de la migration intérieure. Les Kiribati ont une trentaine d'îles peu peuplées à leur disposition. Des îles sans pollution pour favoriser l'érosion. Largement assez de place pour reloger tout le monde en terrain familier. Mais l'eau monte ici aussi. C'est donc vrai, il n'y a nulle part où aller.

Un homme traverse la piste d'atterrissage en poussant une brouette sur laquelle repose un porc fraîchement égorgé ; il laisse perler des gouttes de sang sur le sol. Je suis allongé sous la maneaba de l'aéroport avec les autres passagers, nous attendons l'avion qui arrivera dans cinq minutes ou dans cinq heures.

Val et son acolyte sont plongés dans leur bible, je suis avec Stevenson : « Le premier amour, le premier lever du soleil, le premier contact avec une île des mers du Sud sont des souvenirs à part, et ont ému en nous une sorte de virginité des sens. » Je n'ai pas trouvé de manuscrits inédits aux environs du palais de Tembinok et d'Équateur-ville, mais j'ai fait deux voyages à

Abemama en même temps, à plus d'un siècle de distance.

C'est le milieu de la journée. Je n'ai plus d'eau et je n'en trouverai pas à des kilomètres à la ronde. L'immobilité est requise. Je me contente de chasser les insectes en rêvassant à cette île.

J'avais entendu dire que des prostituées frappaient aux portes la nuit tombée. C'est très exagéré. Je n'ai vu aucune prostituée. À vrai dire, je n'ai même pas vu de porte. On ne m'a pas fait boire de philtres d'amour. Et personne ne s'est enquis de la taille de mon membre. Abemama, ta réputation est surfaite.

L'arrivée en trombe d'une camionnette ébranle la torpeur générale. Murmures. La petite foule se précipite. Agitation. Un homme est étendu à l'arrière du véhicule, entouré par sa famille, le ventre gonflé par quelque viscère éclaté. Mal en point.

Il y a un dispensaire à Abemama, mais pas de médecin et encore moins de bloc opératoire. Le malade doit être évacué d'urgence vers l'hôpital de Tarawa. Des passagers cèdent leur place.

Nous allons voyager avec un mourant.

Nous allons voyager avec un homme qui peut mourir pendant le trajet.

Nous n'allons pas voyager avec un mourant.

La camionnette repart dans une traînée de poussière avant l'arrivée de l'avion. Un drap blanc recouvre un corps inerte, le sang ne coule pas.

À Tarawa, Suzy et Kate, des volontaires australiennes, m'ont proposé de visiter leur lieu de travail, l'hôpital de Bikenibeu. C'est le principal établissement du pays, une vingtaine de docteurs formés aux Fidji y officient. « On n'a pas assez de personnel, on manque de financement. Et pour les médicaments, ça dépend des semaines», explique Ioana David, qui dirige la pharmacie. Les médicaments, acheminés par les bons soins des ONG, ne sont pas vendus en magasin. En fait, ils ne sont pas vendus du tout. La médecine est gratuite aux Kiribati. Pas d'avance de frais, pas de tiers payant, même pas de sécurité sociale. On se fait soigner et on ne paye pas.

Malgré ce miracle dans un pays aussi pauvre, on rechigne à faire intervenir la médecine. Les fièvres et dysenteries qui touchent tant d'enfants pourraient être traitées, si on avait le réflexe de venir à l'hôpital avant d'être mourant. Mais les guérisseurs, la magie et les charlatans sont souvent prioritaires. Suzy me parle du succès d'une pierre magique de Singapour censée guérir le diabète. Elle est vendue 600 dollars. Les escrocs de tout poil ont de quoi faire aux Kiribati, le marché de la crédulité y est grand ouvert. Ainsi, les mails annonçant l'apocalypse maya du 21 décembre 2012 ont eu leur petit effet anxiogène. Je pense pour ma part que si la fin du monde doit avoir lieu, elle partira de cet hôpital.

Le corps médical doit faire face aux maladies et infections liées aux eaux insalubres. Aux hépatites causées par l'alcool. Aux poumons endommagés par le tabagisme compulsif. Aux problèmes cutanés et aux attaques dues aux overdoses de kava – l'antidépresseur local. Aux éléphantiasis et à la dengue. Un tiers de la population est diabétique, du fait des habitudes alimentaires déplorables ; les amputations sont fréquentes (le magnétisme de la pierre de Singapour ne doit pas être assez puissant). On compte une cinquantaine de naissances hebdomadaires et beaucoup de parturientes meurent en couches.

Une bonne nouvelle ? Il n'y a pas de malaria.

Une mauvaise ? Il y a un pavillon pour les lépreux.

Il n'y a pas de médecin spécialisé pour le HIV. Il y a des capotes.

Il y a une section psychiatrique. Il n'y a pas de psychiatre. L'idée même de psychanalyse est risible, c'est un luxe qu'on ne peut se permettre quand le seul défibrillateur du pays est cassé.

Nous traversons l'hôpital en slalomant entre les campements des familles de patients installés sous les lits. Il faut aussi prendre garde aux seringues usagées traînant dans ces allées où les gens vont pieds nus.

On m'a souvent dit que venir dans cet hôpital ne faisait qu'empirer l'état du patient. L'établissement bénéficie pourtant d'une situation privilégiée au bord de l'océan, qui apporte son aération naturelle. Imaginez le luxe, une chambre d'hôpital avec vue sur le Pacifique. Dommage que la plage soit une décharge. L'incinérateur ne fonctionnant pas tous les jours, on jette les déchets hospitaliers sur le rivage. À deux pas d'ici, des enfants se baignent.

Comment expliquer les plaies d'un pays ? On peut blâmer l'isolement, la rareté des ressources naturelles, les carences éducatives, l'histoire coloniale, le climat ou la fatalité. Parfois, c'est la stupidité, en toute pureté, qui engendre les tragédies. Un jour que la maternité était surchargée, des infirmières ont eu l'ingénieuse idée de transférer des nourrissons dans le bâtiment des tuberculeux, avant que des volontaires n'interviennent pour empêcher l'hécatombe.

Ce concentré de douleur et d'incompétence fait vaciller ma bonne humeur. Je ressors de ma visite avec une certaine envie de mourir, mais pas ici.

Un peuple jeune peut envisager son avenir avec optimisme. Plus d'un tiers de la population a moins de 15 ans, ce sont des forces solides pour bâtir des lendemains qui, à défaut de chanter, pourraient au moins fredonner.

Sauf que l'horizon est bouché.

À court terme, il n'y a pas de travail.

À long terme, il n'y a plus de pays.

Les jeunes sans perspective se suicident un peu trop pour une contrée avec autant de soleil. On se pend, c'est la manière locale.

Cette île sera un jour inhabitable et elle a bien conscience d'être suspendue à un compte à rebours mal défini. Ça vous mine le moral d'une nation.

L'idée de migration fait son chemin. L'achat de terres aux Fidji, mentionné en préambule, a marqué les esprits. La nouvelle, spectaculaire, s'est frayé un chemin dans la jungle de l'information mondiale. La dépêche a été reprise dans des dizaines de journaux, se déformant au fil des réécritures, jusqu'à devenir, en substance : *Les Kiribati vont déménager pour survivre.*

Là encore, c'est un peu plus compliqué que ça. « On va développer notre agriculture là-bas, afin de pouvoir acheminer les récoltes ici. Il s'agit avant tout d'assurer la sécurité alimentaire», explique Andrew Teem, le conseiller climatique de la présidence. Ce bout d'île fidjienne est donc bien disponible, mais aucun plan de transfert de la population n'a jamais été sérieusement prévu, comme on a pu le lire dans la presse.

« Nous sommes à court d'options, alors nous les considérons toutes », assène le président Tong, qui a évoqué des projets d'îles artificielles. Des architectes ont dessiné des villes idéales stabilisées à la surface de l'eau. L'idée est séduisante, sa faisabilité paraît toutefois compromise quand on se souvient que le gouvernement manque de budget pour réparer ses ordinateurs.

Des rumeurs farfelues circulent à Tarawa : des milliardaires américains philanthropes seraient sur le point d'acheter des îles désertes pour reloger les habitants des Kiribati. De façon plus officielle, l'ancien président de la Zambie a déclaré qu'il y avait « beaucoup de place » chez lui pour accueillir des réfugiés. Il est mort depuis.

Anote Tong a également fait état de pourparlers avec le Timor-Oriental, ce petit pays coincé aux confins de l'Indonésie. Les ancêtres des Micronésiens étant originaires de cet archipel, ce serait une boucle historique extraordinaire si le peuple I-Kiribati s'installait là.

Quelques semaines après mon retour, lors d'un reportage au forum de Davos, j'ai eu l'occasion de rencontrer l'ancien président du Timor-Oriental – et prix Nobel de la paix –, José Ramos-Horta. Il m'a confirmé les propos de Tong : « Oui, j'ai parlé avec les dirigeants des Kiribati. Ce sont des gens adorables. Je leur ai évidemment proposé de les accueillir. On ne va tout de même pas laisser des êtres humains couler sans rien faire. Qu'est-ce que ça nous dirait sur l'humanité ?»

Préparer la « migration dans la dignité », c'est le mot d'ordre officiel.

Si l'on doit échouer à l'étranger, autant échouer en professionnels, afin d'être autonomes et utiles aux sociétés d'accueil. Aux Kiribati, le taux d'alphabétisation est correct mais le niveau d'éducation reste limité. Le gouvernement tente de développer des programmes d'apprentissage. L'école d'infirmières noue des partenariats pour placer ses élèves en Australie. Le Kiribati Institute of Technology forme mécaniciens, charpentiers, électriciens et autres plombiers polonais pour ce même marché. Le management veut se conformer aux standards occidentaux, l'établissement est bien équipé et tous les cours sont donnés en anglais.

Ses apprentis veulent tous partir à l'étranger, ça ne fait aucun doute pour la conseillère australienne qui me fait visiter les lieux. Elle a insisté pour que je vienne à l'institut. En revanche, elle refuse d'être citée. Elle n'est que conseillère, il faut voir le directeur pour les propos officiels. Elle m'entraîne dans son bureau. Le directeur est surpris, brusqué par ma présence inattendue. Je n'ai pas besoin de plus d'informations, je lui pose tout de même quelques questions par politesse. Depuis quand travaillez-vous ici ? Il s'empare d'une calculatrice, tape 2012 moins 1989, avant de me répondre. J'ai hésité à relater cette anecdote, car elle est embarrassante pour un chef d'établissement scolaire incapable d'opérer une soustraction simple. Je le fais pour montrer que, même si elle respecte la hiérarchie officielle, c'est bien la I-Matang qui tient les rênes. L'autonomie, ce n'est pas pour tout de suite.

Un marin en uniforme vérifie mon identité avant de me fournir le badge « visiteur » nécessaire pour franchir les grilles. Stupéfaction. Depuis une minute, tout est cadré, organisé, logique. J'ai l'impression de changer de pays en entrant au Marine training center, une enclave cartésienne aux Kiribati.

Depuis 1967, 3 500 personnes y ont appris les métiers de la mer, avant d'être embauchées par la South Pacific Marine Services, une entreprise basée en Allemagne qui fournit du personnel pour la marine marchande. C'est le deuxième employeur du pays après le gouvernement, un rouage essentiel de l'économie. Rentrer au MTC, c'est un ticket de sortie, l'opportunité de parcourir le monde et de toucher un vrai salaire. Près de 1 000 I-Kiribati croisent en permanence sur les mers du globe dans un costume de steward, de cuisinier ou de mécanicien, d'ingénieur ou d'officier pour les plus doués. Les sessions de recrutement attirent jusqu'à 800 postulants pour une centaine d'élus. S'ils sont admis, les élèves emménageront au centre. Ce sera la vie de caserne, ils devront se tenir droit et porter un chapeau à pompon.

« Au départ, il faut déjà leur apprendre la ponctualité. Parfois, il faut même leur apprendre à manger avec une fourchette et un couteau. » Voici le capitaine superintendant Boro Lucic. Son titre force le respect, son physique aussi. Sous ses cheveux ras, ses petits yeux clairs et intelligents me jaugent. Sa tête est posée sur un corps de chef. Je veux dire par là qu'il dépasse largement le quintal, mais il ne viendrait pas à l'idée de dire qu'il est gros. Il est imposant.

Boro a 40 ans, dont vingt-cinq passés dans la marine. Il dirige le MTC depuis cinq ans, loin de son Monténégro natal. Il n'a pas voulu que sa famille s'installe ici. Trop de maladies, pas assez d'écoles. C'est un ours avenant qui commence toujours ses phrases par « est-ce que tu peux croire que » (avant une anecdote atterrante) ou

« pour être honnête » (avant une vacherie). Sa franchise est une bouffée d'air frais, ce qui n'est jamais négligeable sous ce climat.

Chez Boro affleure cette lassitude si courante chez les expatriés de longue date en pays sous-développés luttant au quotidien contre le rythme tropical. « Ils sont tellement fainéants », soupire-t-il en secouant la tête. Il doit pourtant avoir de la bonne matière à malaxer, avec les formidables qualités maritimes que l'on prête au peuple I-Kiribati. « Pas tant que ça. Ils connaissent la mer et ils ont de l'expérience, c'est vrai. Il n'empêche que leurs compétences sont limitées. Ce ne sont pas de si bons pêcheurs non plus. Mais je reconnais qu'ils peuvent aussi être de bons travailleurs quand ils veulent. »

Boro peut sembler brutal. C'est un homme de terrain plus soucieux d'efficacité que de politiquement correct. Il se moque des belles âmes qui pourraient pointer son cynisme. Bien conscient de son utilité et fier de son pragmatisme, il ricane de la gabegie des ONG locales subventionnées pour un résultat proche du zéro. Boro raille les consultants de passage, leur incompétence et leurs budgets gaspillés. Rusé comme un renard, il sait jouer de la rivalité entre les différentes agences de développement. Il a réussi à faire financer un simulateur de pilotage dernier cri pour le MTC, une technologie de pointe unique dans cette partie du Pacifique, de la science-fiction dans ce pays dépourvu de digicodes. Boro et sa boutique fournissent des emplois à des centaines de personnes. Les millions de dollars que ces marins envoient au pays constituent une fraction significative de la richesse nationale.

Les conséquences sociales sont plus ambiguës. De jeunes gens recrutés sur des îles isolées font le tour du monde, découvrent le mode de vie occidental, les gratte-ciel de Shanghai et les bordels de Hambourg. Ils reviennent différents, ramenant dans leur sillage un souffle de modernité et des dépressions. Le choc de l'ailleurs peut être rude, comme l'atteste l'épisode de la promotion féminine. Une vingtaine de stewardess ont été envoyées sur les mers. Dix-sept sont tombées enceintes et l'une d'elles s'est suicidée. L'expérience n'a pas été reconduite.

Toutes les discussions que j'ai eues avec des I-Kiribati âgés ont fini sur le même air. Ils déplorent les modes exogènes qui se dispersent dans la société, ces musiques amplifiées, ces danses de gredins et ces filles qui boivent. C'était mieux avant, etc. Ils oublient que cette société a déjà été acculturée violemment et que leurs aïeux vivaient à poil sans le soutien de Jésus-Christ. Les temps changent, ils s'accélèrent et perturbent les évidences. Nous sommes au XXIe siècle, même aux Kiribati.

Kaingaue David a passé trois semaines à Londres, qu'elle a mis à profit pour regarder des films dans sa chambre d'hôtel. C'était la première fois qu'elle quittait son pays. Elle n'a pas visité la ville, elle avait peur de sortir. C'est tellement grand, Londres. Kaingaue s'est tout de même rendue au stade où elle a couru son cent mètres en 13'70. Elle a certes terminé en dernière position. Mais c'était aux Jeux olympiques.

Elle faisait partie des trois sportifs de la délégation des Kiribati, avec un autre sprinteur et un haltérophile. C'est une jolie lycéenne en uniforme bleu marine, avec de grands yeux de chat, une chevelure emmêlée en dreadlocks et des pieds nus. Elle n'a pas d'entraîneur, l'école a simplement aménagé son programme pour qu'elle puisse se préparer à la compétition. On lui a juste dit de faire de son mieux. De mon côté, je fais de mon mieux pour extraire des phrases de ce bloc de timidité adolescente. Je ne suis pas méchant, je veux juste que tu me racontes ce qu'on ressent sur les starting-blocks devant des millions de téléspectateurs.

Kaingaue n'a pas conscience du caractère exceptionnel d'une participation aux Jeux olympiques. Elle était contente d'y aller, bien sûr. Ce n'était pas un rêve pour autant. L'événement le plus médiatisé de la planète n'est pas diffusé aux Kiribati, on n'en fait pas grand cas. Oui, ça lui plairait de courir aux prochains JO. Non, elle ne sait pas où ils auront lieu.

Professeur au lycée de Kaingaue et membre du Comité olympique, Rusila est la chaperonne des athlètes. « À Pékin, on a fait une seule interview, avant le défilé d'ouverture. Le journaliste nous a demandé où se trouvaient les Kiribati. Et pendant la cérémonie, le speaker a mal prononcé le nom du pays. » Résumé de la situation du pays via ses péripéties sportives : le monde ignore l'existence des Kiribati et les Kiribati se soucient peu du monde outre-mer.

« À Londres, la petite Kaingaue était impressionnée. Il y avait beaucoup d'agitation, elle n'arrivait pas à se concentrer. » La sprinteuse a tout de même réussi à surmonter son trac le temps de prendre une photo avec Usain Bolt. « Elle est réservée, c'est dans notre culture. Ici les gens sont humbles, même quand ils sont talentueux et intelligents. »

Rusila enseigne depuis des décennies, elle a vu passer quelques générations de lycéens auxquels elle tente d'inculquer la confiance en soi. « Nos jeunes sont travailleurs, même s'ils savent qu'il y a peu d'opportunités. Beaucoup veulent partir à l'étranger et revenir. Ils reviennent toujours. »

Certains ne souhaitent pas partir du tout. Comme Kaingaue. Elle est née à Tarawa et compte y rester. La sprinteuse olympique a un rêve. Elle veut devenir comptable.

Ça ressemble à n'importe quelle université, avec des étudiants cosmopolites attablés à la cantine devant leur ordinateur. Le campus est humide et luxuriant. Il est aussi vallonné, ce qui indique que nous ne sommes pas aux Kiribati.

Avant d'arriver à Tarawa, j'ai fait un crochet par Suva, la capitale des Fidji. Ce pays est un plagiat de l'île Maurice. On y retrouve la canne à sucre, les commerçants indiens, les camionnettes Toyota et la relative prospérité tropicale de l'ancienne Île de France. Ce sont les mêmes couleurs, on a simplement changé d'océan et ajouté quelques indigènes qui marchent sur le feu pour impressionner les touristes.

Il est intéressant de noter que Suva est l'exact antipode de Tombouctou (à 19 802 kilomètres de là), même si ce n'est pas exactement le sujet qui nous préoccupe. Suva ressemble à une vraie ville avec des McDonald's, des écrans géants sur les immeubles, des galeries marchandes et des cinémas affichant Jean-Claude Van Damme. Son université du Pacifique Sud est le centre intellectuel de l'Océanie (hors Australie et Nouvelle-Zélande), financé par douze pays insulaires de la région. Aux Kiribati, les lycéens les plus prometteurs rêvent d'obtenir les rares bourses qui les enverront étudier ici.

Le campus n'est pas très fréquenté ce jour-là, on est en pleine semaine de vacances. Je furète en quête d'étudiants I-Kiribati. Dans le hall de la résidence 8, en haut d'une colline, je déniche trois jeunes femmes qui tapotent sur Facebook.

Ueaniti, Kirara et Teonamare ont entre 19 et 21 ans. Sur les deux cents I-Kiribati inscrits à Suva, 80 % sont des femmes. Les trois filles ont une explication : « On réussit mieux que les hommes parce qu'ils boivent trop. » Elles suivent un cursus en physique-chimie à 2 000 kilomètres de chez elles. Elles rentrent à la maison une fois par an, d'où l'importance des réseaux sociaux pour garder le contact avec la famille.

Elles sont heureuses d'être ici, dans ce pays moderne, où l'internet est si rapide, où l'on peut trouver des tas de légumes, où il faut monter des marches pour aller chez soi. Elles habitent en altitude, c'est un bon début pour entamer une ascension sociale.

Plus âgée et plus bavarde que ses copines, Teonamare est en troisième année. À son retour, elle aimerait travailler pour le gouvernement, dans le domaine de l'environnement. Elle a peur du changement climatique : « Je vois les températures qui montent et les puits qui se salinisent. Après mes études, je veux retourner là-bas pour sauver notre pays. » Un volontarisme qui tranche avec l'apathie résignée si courante à Tarawa. Je ne voudrais pas proférer de généralités sexistes, mais tout me porte à croire que le bon sens et l'énergie se trouvent plutôt du côté des femmes. Si les Kiribati ont un futur, il passe par elles.

Notre staff n'accepte ni cadeau, ni argent.

L'affichette est collée en évidence sur la vitre du guichet, au bureau qui traite les demandes de visas pour la Nouvelle-Zélande. Le Pacific access category, programme d'immigration par loterie, est pris d'assaut. Huit mille I-Kiribati postuleraient chaque année (autour de 8% de la population), pour soixante-quinze visas accordés.

Mon ami Kaure, qui a étudié en Nouvelle-Zélande, exprime une compassion désabusée à l'égard des candidats au départ. « C'est un rêve pour eux. Ils ne se rendent pas compte de ce que ça signifie. Dans la plupart des cas, c'est une projection, un fantasme qu'ils n'auront pas les moyens de réaliser. Si tu fais partie des soixante-quinze personnes acceptées, tu dois ensuite payer le billet, avoir de quoi t'installer dans un pays inconnu, il faut connaître quelqu'un. »

Alors pourquoi se jettent-ils dans le vide ? Un postulant a motivé sa candidature par la raison suivante : « Les Kiribati disparaissent. » Il espérait obtenir le statut de réfugié climatique. Refusé. Juridiquement, ce statut n'existe pas. Pas encore.

Au début de ce voyage, j'ai fait escale en Nouvelle-Zélande, pays-étape sur la route de Tarawa. Auckland abrite la plus haute tour de l'hémisphère sud et la plus importante communauté polynésienne du monde. Je suis monté en haut de la Sky Tower. Comme on pouvait s'y attendre, elle offre une vue remarquable sur la ville, sa marina et ses collines, qu'ils appellent des volcans pour se donner l'air sauvage. J'ai ensuite pris un bus pour descendre dans les faubourgs sud, où se concentrent les cités-dortoirs et les populations immigrées.

C'est là que j'ai rencontré Taberannang Koruauba. Mon tout premier contact avec un citoyen I-Kiribati. Un journaliste de 36 ans, comme moi. Il poursuit en parallèle une activité de chercheur et a produit un mémoire intitulé *Médias et politiques du changement climatique aux Kiribati : un cas d'étude sur le journalisme dans une « nation qui disparaît »*.

Un repas de fête se prépare dans la modeste maison familiale en compagnie de cousins, de belles-sœurs et d'un nombre indéterminable d'enfants braillards tournoyant parmi les jouets griffés *Pirate des Caraïbes*. J'ai déjà réalisé des interviews dans des conditions difficiles, c'est la première fois que je dois prendre des notes sous le feu roulant de gamins se relayant pour m'escalader par toutes les faces, s'accrocher à mes jambes et sauter sur mon dos.

Taberannang édite *The Kiribati independent*, un journal en ligne qui n'hésite pas à tacler les autorités. Il n'est pas tendre avec la politique d'adaptation au changement climatique : « Le gouvernement se contente de protéger ses propriétés avec des digues. Où passe tout l'argent ? Il n'y a aucune transparence. » Il égratigne également la vision simpliste et compassionnelle des médias étrangers. « Ils nous placent dans une relation de héros à victime. L'homme blanc arrive, filme, aide un peu, se donne bonne conscience et repart. Il faudrait que nous commencions par nous aider nous-mêmes. Mais nous n'arrivons pas à nous en sortir. » Taberannang utilise les mots « tristesse » et « déception » quand il parle de son pays.

Lui, il a pris son destin en main. En 2006, après un an de démarches administratives, il a bénéficié du Pacific access category. Le grand saut de l'émigration, avec tous les sacrifices que cela induit, le mal du pays, l'éloignement de la famille et les discriminations. Taberannang l'intellectuel a travaillé deux ans comme ouvrier agricole avant de pouvoir reprendre ses activités universitaires et journalistiques.

Nous dînons par terre, assis sur des nattes. On se sert avec les doigts et on mange la même chose qu'au pays, poisson et noix de coco. Les femmes se nourriront après les hommes, elles patientent à la cuisine en se demandant ce que je fais dans leur salon. « Ici, c'est mieux pour elles », explique Taberannang. « Tu appuies sur le bouton, tu as de l'électricité quand tu veux. C'est une meilleure vie. »

Histoire d'exil aux motivations économiques comme il en existe des millions. Se construire une existence plus confortable dans un pays riche. C'est aussi un déracinement préventif pour aménager à sa descendance un avenir avec les pieds au sec. Taberannang a quatre enfants, qui jouiront du statut de résident permanent. En déménageant, la famille a découvert de nouvelles expériences, comme prendre le train ou regarder tomber la neige. Elle a aussi découvert de nouvelles formes de stress, la nécessité de payer un loyer. « Aux Kiribati, avec un peu de pêche, tu peux vivre sans travailler. Ici, c'est parfois dur. Mais je ne regrette pas. »

Environ deux mille I-Kiribati vivent en Nouvelle-Zélande. Quand Taberannang est arrivé à Auckland, il y avait déjà une communauté sur place. Les églises et associations facilitent l'intégration. Au fil des années et des générations, certains progressent socialement. Comme Taberannang, qui prépare un doctorat.

Derrière les parcours individuels, toute la dualité des phénomènes migratoires. L'argent envoyé aux familles est injecté dans l'économie. Mais la fuite des élites vide les Kiribati de leurs forces intellectuelles, sapant ainsi les espoirs de développement futur.

Taberannang insiste pour me ramener en voiture jusqu'à la station de train, il paraît que le quartier n'est pas sûr le soir. Deux adolescents se bécotent sur le quai humide. Une blonde filasse qui pourrait tout aussi bien venir de Manchester enlace un lascar métrosexuel aux gènes polynésiens. Heureusement qu'ils sont là pour apporter une touche de vie dans l'atmosphère sinistre de ce non-paysage périurbain. Il fait froid. C'est moche une banlieue néo-zélandaise la nuit.

Mon séjour aux Kiribati s'achève bientôt.
C'est dommage, je commence à être connu. Je
suis posté sur la place de Bairiki quand deux
lycéennes m'abordent :

— C'est toi, l'écrivain ?

— C'est moi l'écrivain.

— On voudrait te raconter quelque chose qui
peut t'intéresser.

Je n'ai même plus besoin de chercher, les
histoires tombent du ciel. Elles souhaitent me
parler de leur amie Beunang Totoki. Cette femme
faisait partie des cinquante-cinq personnes à
bord du ferry Uean Te Raoi II, dont le naufrage
a endeuillé le pays. C'était le 13 juillet 2009, le
lendemain de la fête nationale. Le bateau, qui

reliait Tarawa à Maiana par mauvais temps, ne disposait pas de balise de détresse. Pas assez de gilets de sauvetage non plus. Quatre heures après le chavirement, un homme a réussi à atteindre la rive à la nage. Il a fallu quatre heures supplémentaires pour trouver un bateau de secours. Une fois lancée, l'équipe de sauvetage s'est égarée suite à une erreur de calcul. Pendant ce temps, des dizaines d'êtres humains s'accrochaient à la surface d'un océan houleux, chaque heure réduisant leur nombre.

Beunang portait les cheveux très longs, à la manière locale. Sa masse capillaire l'alourdissait et l'entraînait vers le fond. Elle a coupé ses cheveux avec les dents pour économiser ses forces et repousser le moment de la noyade.

Les secours sont arrivés, trois jours après le naufrage. Trente-cinq personnes y ont laissé leur peau. Beunang y a laissé ses cheveux, mais elle est vivante.

Les Kiribati sont peuplées depuis près de 3000 ans. Elles ont su conserver des traditions et une langue commune, malgré leur dispersion et le choc de la colonisation. Une culture comme celle-ci peut-elle survivre hors du territoire où elle s'est développée au long des siècles ? Peut-on vraiment envisager un exode général vers une destination unique pour y réimplanter la société ? Ou bien l'urgence climatique poussera-t-elle chaque famille à fuir où elle le peut, dans une diaspora éclatée ? Les I-Kiribati submergés seront-ils condamnés à devenir esclaves ménagers chez les nouveaux riches des nations émergentes ?

Ce sont des questions qu'on se pose à Tarawa. On ne peut que spéculer, il n'y a pas de précédent comparable. Quelques degrés de plus et ce pays plongera dans l'inconnu. On l'a vu, le statut de réfugié climatique, qui pourrait concerner des centaines de millions de personnes au cours de ce siècle, n'existe pas. Une initiative lancée par la Norvège et la Suisse pourrait toutefois faire évoluer le droit international en ce sens.

D'autres problématiques sont en suspens. Si la terre disparaît, à qui appartiendront les immenses eaux territoriales si riches en poissons ? Où mettra-t-on les criminels emprisonnés ? Et que deviendront les tombes des ancêtres ?

Comme Beunang la naufragée qui a arraché ses cheveux pour se maintenir à flots, ce pays devra certainement sacrifier une partie de lui-même pour survivre.

On n'en est pas encore là. L'interrogation majeure, qui traîne dans toutes les têtes, c'est le délai. Quand ces îles cesseront-elles d'être habitables ? J'ai posé la question au géographe Alexandre Magnan, chercheur spécialisé dans les environnements vulnérables et fin connaisseur des Kiribati : « On n'est pas capables à l'heure actuelle de poser une échéance claire d'un point de vue scientifique. On sait simplement que ce n'est pas tout de suite. La menace est réelle, mais tout n'est pas perdu d'avance. Au fil des millénaires, ces sociétés ont inventé des formes originales d'adaptation au milieu. Elles possèdent encore des marges de manœuvre. »

Sur place, Andrew Teem, la voix de la présidence sur le climat, est plus alarmiste : « Il faut s'organiser maintenant. Franchement, je ne vois pas mes enfants grandir ici. Dans dix ans, les gens commenceront à paniquer».

L'ancien président Ieremia Tabai navigue entre les deux points de vue.

« Je veux croire que nous allons continuer à survivre sur ces atolls comme nous l'avons fait pendant des milliers d'années. Si le niveau d'éducation augmente, les gens sauront prendre soin d'eux-mêmes», estime-t-il, fidèle à sa ligne d'autosuffisance. Quelques minutes après cet envol optimiste, l'ex-président s'assombrit. Il admet qu'il conseille à ses enfants d'émigrer. « J'espère que nous n'aurons pas à quitter notre pays, mais je reconnais le poids de l'évidence. Il n'y a pas assez de place pour tout le monde. La terre rétrécit. Nous n'avons pas de futur. »

Le kava *(Piper methysticum)* est une plante de la famille du poivrier originaire d'Océanie. Elle est consommée dans tout le Pacifique occidental de façon coutumière ou religieuse, quoique plus souvent dans le but de se déglinguer la tête. Le kava a des effets anesthésiants et euphorisants, voire hypnotiques à forte dose. Avertissement : une ingestion excessive et régulière peut endommager le foie. Partager le kava est un signe de bienvenue et d'amitié, comme l'atteste le proverbe : *On ne peut tuer tout de suite quelqu'un avec qui on vient de boire le kava.*

Sam vit dans une cabane de bois et de tôle à deux pas de la maison que je partage avec John.

Il a perdu son travail de mécanicien et son lopin familial diminue comme peau de chagrin sous les assauts du lagon. Sam ne sait pas pourquoi la mer monte, mais il a décidé de réagir à la dissolution de son capital en installant trois tables sous un abri. Il se berce ainsi de l'illusion d'avoir monté un bar. Son établissement était vide ce jour-là, aussi m'avait-il invité à goûter la substance. Le kava pilé en poudre se dilue dans l'eau pour devenir une mixture beigeasse qui, pour être franc, donne l'impression d'avoir déjà été bue. La première gorgée insensibilise légèrement la bouche en laissant un arrière-goût de terre et de ferraille. Je m'étais contenté d'un verre en écoutant les explications de mon voisin. « Avec le kava, on n'a pas besoin de trop parler. C'est une boisson pour bien dormir. » Par respect pour les usages, je m'étais retenu de lui faire remarquer qu'il était 15 heures.

Le kava, Ieremia Tabai m'en a dit le plus grand mal. L'ancien président le considère comme un fléau attisant la fainéantise. « Les gens en boivent toute la nuit et le lendemain ils font quoi pour leur famille ? Ils gâchent leurs ressources et leur énergie. » Le kava, c'est l'opium du peuple I-Kiribati.

On fête ce soir l'anniversaire de Jolee, ce sera la dernière soirée avec ma bande d'I-Matang. Après le dîner dans un restaurant prestigieux – on compte pas moins de quatre variétés de nouilles instantanées au menu -, nous débarquons dans un non moins classieux bar à kava. La gargote dispose d'un jeu de fléchettes et même d'une estrade où des clients se relaient pour chanter au son d'un synthétiseur.

Nous avons apporté nos propres bouteilles d'eau afin d'éviter des lendemains gastriques douloureux, nous les confions au patron pour qu'il prépare le mélange. Quelques minutes plus tard, les bassines en plastique sont servies et les verres remplis à la louche.

Autour de nous, assis à de longues tables, une assemblée de taiseux virils, réunis dans une quiétude mélancolique. Pas de rires gras ni d'empoignades, pas de drague. Le bar à kava est le lieu où s'épanchent ces hommes prudes, loin du regard des femmes. Ils se lèvent à tour de rôle pour monter sur scène et déverser des bluettes dégoulinantes dans des postures affligées. Les regards sont douloureux et les voix couvertes d'or. Nous sommes bien au-delà des frontières du kitsch, nous sommes bien tout court. Regardez ces hommes rudes et dépenaillés, aux polos troués et aux pieds abîmés, donnant la sérénade pour d'autres hommes. Ils deviennent gracieux en écoutant saigner leur âme, à moins que le kava ne fragilise mes perceptions.

John a l'air déçu. Mon colocataire a beau avaler des litres de potion, il n'est pas défoncé. Ce kava paraît bien inoffensif. Deux bières nous auraient plus allumés. Je tempère cette assertion après avoir tenté une partie de fléchettes. Comment se fait-il que le bruit des pointes se fichant dans la cible soit aussi drôle ? Je me surprends à chantonner les airs locaux, dont les paroles en gilbertin deviennent soudain limpides. Sur la table, les bassines sont vides. Il y a sept niveaux. Je n'ai envie de tuer personne.

Retour à Teoraereke. Comment n'ai-je pas remarqué plus tôt la beauté complexe du nom de ce village où j'habite ? Et comment explique-t-on que l'horloge affiche cette heure-là ? Je comprends maintenant le succès du kava dans ce pays sans futur ; il fixe le présent.

Je m'allonge pour une de mes dernières nuits océaniennes. Une légère nostalgie m'étreint à l'idée de faire mes adieux au ventilateur de ma chambre, il n'avait pas que des défauts. Mon corps flotte quelques centimètres au-dessus du matelas et les étoiles brillent en relief. Un cochon grogne sous ma fenêtre.

Je craignais de ne pas m'ennuyer. D'être trop occupé par des choses utiles pour savourer ce moment où l'on a rayé toutes les lignes de la liste. Quand on s'ennuie, on est arrivé. On est chez soi. On n'est plus un simple visiteur.

Je n'ai pas de programme en me levant ce matin. Je pourrais encore découvrir des recoins, frapper à d'autres portes, prolonger des discussions et me faufiler dans de nouveaux interstices. On n'a jamais fini d'explorer. Je choisis de m'adonner à l'inertie. Après tout, c'est l'état le plus répandu sur cette île chiche en loisirs et en emplois. À quoi ressemble une journée type ? Un peu de pêche le matin pour se remplir le ventre ou gagner trois pièces. Ça laisse du temps pour se balancer dans un hamac, jouer aux cartes, fumer lorsqu'on a de quoi. En début de soirée, quand le soleil se fait moins mordant, une partie de volley, un bain dans l'infect lagon ou quelques litres de bière. Puis on se couche dans une pièce bondée et on attend le jour suivant, prisonnier de l'Éden.

Le numéro de Kaure s'affiche. Il me convie à un banquet sous la grande maneaba de Betio, où quelques familles sont réunies autour d'une sono. Manger et faire la sieste en écoutant de la musique, c'est compatible avec mes intentions du jour.

Durant tout mon séjour, Kaure s'est démené pour me faciliter la vie et il ne m'a jamais autorisé à payer l'addition au restaurant. Aujourd'hui encore, il garnit généreusement mon assiette de poulet et de fruits d'arbre à pain. J'ai cherché une idée de cadeau pour lui exprimer ma gratitude avant mon départ, mais Tarawa n'a pas grand-chose à offrir. En guise de souvenir, je lui ai préparé une sélection de photos ainsi qu'une compilation des classiques de la chanson française. Kaure interrompt la musique, branche la clé USB, s'empare du micro et demande à l'assemblée de bien vouloir fermer sa gueule pour écouter comme il se doit l'offrande culturelle venue des antipodes. Charles Aznavour chante la bohème et Eddy Mitchell la route de Memphis sous la maneaba. L'épouse de Kaure joue au bingo avec ses amies, leurs deux petites-filles modèles s'amusent sagement. Nous nous étendons sur des nattes pour deviser de tout et de rien.

« Tu vois, aux Kiribati, nous sommes des gens simples avec des besoins simples. C'est le monde autour de nous qui est compliqué », philosophe Kaure. Oui, mon ami, le monde est compliqué et il se complique de jour en jour. L'interpénétration globale a une conséquence pénible : on n'est tranquille nulle part. Je suis au bout du monde, je vois des gens mourir et je reçois des factures dans la même journée. Malédiction d'internet, les réalités se télescopent violemment.

On n'est tranquille nulle part et l'effet papillon du changement climatique l'illustre dramatiquement. L'Inde gagne un point de croissance économique, les Kiribati perdent un centimètre d'altitude. Le combat est inégal et il n'y aura pas de vainqueur.

J'ai grandi loin de la mer, dans les Alpes. La maison de mes parents se situe à 1 000 mètres d'altitude. Quand j'étais enfant, dans les années 1980, des murs de neige hauts d'un mètre se dressaient devant la porte. Ça n'arrive plus. L'économie de la région s'appuie en bonne partie sur le ski et des stations ferment faute de neige. Il semblerait que le réchauffement climatique affecte aussi mon pays d'origine, et ce n'est qu'un début.

Kaure n'avait jamais envisagé le problème sous cet angle, il se gratte la tête pendant que Jacques Brel pleure sur les femmes infidèles dans le port d'Amsterdam, qui se trouve sous le niveau de la mer.

Au lever du soleil, des enfants répètent une chorégraphie devant la maison. Kaure a mis sa plus belle chemise pour m'emmener à l'aéroport.

Une dernière traversée de Tarawa. Ce sont les mêmes maisons et les mêmes églises, les mêmes digues et les mêmes maneabas que le jour de mon arrivée. Sauf que je connais désormais le mot maneaba et que ces paysages se sont remplis d'histoires.

Un dernier passage sur l'imperceptible point culminant. Un dernier salut à Kiatoa, le vieux pêcheur sisyphéen toujours posté devant sa cabane. Une dernière photo du lagon pour figer l'impossibilité d'une île. Ce n'est plus une carte postale, c'est un lieu où vivent des gens, des gens que je connais.

L'aéroport international de Bonriki porte toujours un nom trop ronflant pour lui. L'organisation de l'embarquement défie le sens commun et je regrette que le personnel ne soit pas plus inefficace, pour retarder un peu l'heure du départ. Une fois à bord, je redécouvre l'existence de l'expression « consignes de sécurité ». Comme on le ferait sur le quai d'une gare, la foule massée au bord du tarmac fait coucou aux passagers de l'avion qui décolle.

L'océan envahit le champ de vision. Tarawa, future Atlantide, s'éloigne pour devenir un point anonyme dans l'horizon. Vue d'ici, elle évoque ces images de notre planète Terre, minuscule dans le grand vide de l'espace. Une perfection vulnérable, un paradis en sursis.

Il est possible de s'émerveiller devant une tomate. On peut se délecter de l'eau du robinet. Frémir de joie en mettant un pull. Pleurer de bonheur en regardant passer les femmes en talons hauts.

J'avais sous-estimé le choc culturel d'une arrivée à Los Angeles en provenance des Kiribati. Je connais pourtant la Californie, j'y ai vécu quelques mois, une décennie auparavant. J'avais un appartement, des colocataires artistes, une girlfriend cinglée et un job alimentaire. Rien ne manquait au tableau. J'avais fui, de peur que mon âme se dilue dans le plastique.

Je n'ai rien à faire ici, personne à voir. Juste trois jours à tuer dans une Ford Focus de location, pour arpenter collines et boulevards en écoutant la radio et en rejetant du dioxyde de carbone. À moi, El Pueblo de Nuestra Señora la Reina de Los Ángeles del Río de Porciúncula, plus connue sous le nom de L.A, capitale culturelle de l'Occident, emblème de la civilisation de l'automobile et du porno, cité des anges, des rêves et de la solitude.

À la réception de la guest-house, on me réprimande car j'ai franchi la ligne avant d'y avoir été invité. J'avais oublié l'infinité de règles qui régentent les comportements sociaux *appropriés* au pays de la liberté. Les échanges sont empreints de morgue et d'efficacité, à l'exact opposé de l'endroit d'où je viens. Je musarde dans une librairie qui consacre un rayon aux *banned books*, incluant *Harry Potter*, *Le journal d'Anne Frank*, *L'Attrape-cœur* ou *L'Épopée de Gilgamesh*. Une notice précise les raisons de leur mise à l'index dans certaines écoles ou comtés. En général, c'est parce qu'ils contiennent le mot « nègre » ou qu'ils parlent de sexe. Société de contrôle.

Tout sonne faux. Je roule sur Santa Monica ou Rodeo drive et je m'écroule de rire sur le volant. Comment des êtres humains peuvent-ils mener des vies si différentes à quelques heures de distance les uns des autres ? Gouffre existentiel plus profond que la faille de San Andreas, celle qui un jour engloutira cet État.

À Venice, il y a vraiment un magasin appelé *Botox on the beach.*

Il y a des dealers latinos et des flics (vu deux arrestations en dix minutes).

Des joggers et des vieillards abîmés par l'absence de sécurité sociale, convertis en hommes-sandwichs, deux dollars la part de pizza.

Des artistes de rue et des clodos, et tous ceux qui sont sur le point de basculer de la première catégorie vers la seconde. Ils auront tenté leur chance.

Il y a des skaters et des touristes.

Des body-buildés et des obèses.

Même les mouettes sont grasses.

Les chiens ont des propriétaires et la plage est propre. Quelque part dans cette direction se trouve un pays dont personne ne connaît le nom. Qui, de la Californie ou des Kiribati, disparaîtra en premier ?

Parmi les choses qui ont changé en dix ans, je note l'apparition massive de smoke shops et l'explosion du nombre de sans-abri, jetés sur le pavé par la crise ou dépouillés de leur maison par les banques. Je suis dans le pays le plus riche du monde et les SDF pullulent. Aux Kiribati, qui figurent tout en bas du classement, chacun a un toit.

Ce qui m'amène à ce cliché entendu mille fois à propos des régions où la misère serait moins pénible au soleil.

Ils sont pauvres, mais au fond ils sont plus heureux que nous.

La formule, souvent prononcée de loin, est exécrable quand elle oublie les ventres vides et la souffrance des vies trop courtes. Cela dit, il n'est pas insensé de dire que le niveau de joie émanant du quotidien aux Kiribati est supérieur à celui d'une grande ville occidentale modelée par l'insatisfaction et noyée sous les divertissements.

Je retrouve le peuple des aéroports, ce monde solvable en miniature, tous ces êtres qui, en se contentant d'exister, composent une normalité. Je retrouve le confort ouaté du voyageur contemporain doté d'une carte *frequent flyer*. Je retrouve l'enfer feutré du duty-free et son opulence rationalisée. Il faut que je réapprenne à vivre dans cette civilisation où les individus ne savent patienter que la tête baissée sur un écran, comme s'ils étaient terrifiés par ce que pourrait leur révéler un simple moment d'ennui, un tête-à-tête avec eux-mêmes.

Dans la salle d'attente, il y a un distributeur automatique d'Ipod.

J'ai beaucoup marché. Je suis monté sur des tapis roulants et dans des ascenseurs. J'ai roulé en taxi, en bus et à moto, j'ai pris des trains, des métros et des bateaux. J'ai emprunté dix avions et traversé une demi-douzaine de pays pour boucler le tour du monde qui donne vie à ce livre. Mon empreinte énergétique est déplorable. Je soulage ma conscience en considérant ce récit comme ma compensation carbone.

Dans le temps de ce voyage, le Groenland a fondu. Un typhon a ravagé les Philippines. New York a été inondée. Une île du Pacifique a été mystérieusement rayée de la carte et on a appris que la moitié de la grande barrière de corail australienne avait disparu. Une énième conférence climatique de la dernière chance s'est tenue dans un pays gazier. Conférence qui, dans une commune indifférence, s'est soldée par un échec.

Je suis aveuglé par la grisaille en revenant dans l'automne européen. Chaque jour, je me demande qui a éteint la lumière. Après des semaines de mouvement, l'écriture me contraint à l'immobilité physique. Le corps emmitouflé derrière mon clavier, l'esprit plongé dans l'été permanent des Kiribati, je progresse dans l'inconfort d'une zone d'ubiquité. À l'écart du monde, quoique relié au Pacifique par le fil d'un vécu. Ce lien s'estompera un jour. Les souvenirs sont solubles, certains survivront et d'autres seront engloutis sous des vagues de présent. Je ne sais pas quand j'aurai l'occasion de revenir à Tarawa. Je sais qu'à mon retour, le paysage aura changé.

En attendant, quelques amitiés subsistent par-delà les méridiens et m'apportent leur lot de nouvelles lointaines.

John songe à démissionner, découragé par les obstacles se dressant devant sa mission de préservation de l'eau potable.

Tebikenikora, le village du révérend Eria, a essuyé une marée dévastatrice.

Kaure va bien, il tourne toujours en rond dans un pays trop petit pour lui.

Le reste n'est que routine des jours qui se suivent et se réchauffent.

Le vieux Kiatoa survit. Des pêcheurs se perdent en mer. Des enfants naissent. Ils habiteront au paradis et ils rêveront d'ailleurs.

Je tourne une page de mon éphéméride. Le 21 décembre 2012 est passé et la fin du monde n'a pas eu lieu. Ce n'est que partie remise. Nous sommes aux premiers jours de l'hiver, le temps est doux pour la saison.

Au diable vauvert

Littérature française

SÉBASTIEN AYREAULT
Loin du monde, roman
TRISTANE BANON
Le Bal des hypocrites, récit
JULIEN BLANC-GRAS
Gringoland, roman, Lauréat du Festival du premier roman de Chambéry 2006
Comment devenir un dieu vivant, roman
Touriste, roman
SIMON CASAS
Taches d'encre et de sang, récit
La Corrida parfaite, récit
OLIVIER DECK
Adieu, torero, récit
WENDY DELORME
Insurrections ! En territoire sexuel, récit
La Mère, la Sainte et la Putain, roman
YOUSSOUF AMINE ELALAMY
Les Clandestins, roman, Prix Atlas 2001
THOMAS GUNZIG
Mort d'un parfait bilingue, roman, Prix Victor Rossel, Prix Club Med 2001
Le Plus Petit Zoo du monde, nouvelles, Prix des Éditeurs 2003
Kuru, roman
Assortiment pour une vie meilleure, nouvelles
NORA HAMDI
Des poupées et des anges, roman, Prix Yves Navarre 2005
Plaqué or, roman

GRÉGOIRE HERVIER

Scream Test, roman, Prix Polar derrière les murs, Prix Méditerranée des lycéens, Prix Interlycées professionnels de Nantes 2007

Zen City, roman, Prix Jacaranda et Prix PACA des lycéens 2010

ALEX D. JESTAIRE

Tourville, roman

AÏSSA LACHEB

Plaidoyer pour les justes, roman

L'Éclatement, roman

Le Roman du souterrain, roman

Dans la vie, roman

Scènes de la vie carcérale, récit

LOUIS LANHER

Microclimat, roman

Un pur roman, roman

Ma vie avec Louis Lanher, nouvelles

Trois jours à tuer, roman

TITIOU LECOQ

Les Morues, roman, Prix du premier roman du Doubs, Prix du Baz'Art des Mots

ANTOINE MARTIN

La Cape de Mandrake, nouvelles

Le Chauffe-eau, épopée

ROMAIN MONNERY

Libre, seul et assoupi, roman

XAVIER DE MOULINS

Un coup à prendre, roman

Ce parfait ciel bleu, roman

NICOLAS REY

Treize minutes, roman

Mémoire courte, roman, Prix de Flore 2000

Un début prometteur, roman

Courir à trente ans, roman

Un léger passage à vide, roman, Prix roman-ciné Carte Noire 2010

L'amour est déclaré, roman

CÉLINE ROBINET
Vous avez le droit d'être de mauvaise humeur, nouvelles
Faut-il croire les mimes sur parole ?, nouvelles

RÉGIS DE SÁ MOREIRA
Pas de temps à perdre, roman, Prix Le Livre Élu 2002
Zéro tués, roman
Le Libraire, roman
Mari et femme, roman
La vie, roman

CORALIE TRINH THI
Betty Monde, roman
La Voie Humide, autobiographie

CÉCILE VARGAFTIG
Fantômette se pacse, roman
Les Nouveaux Nouveaux Mystères de Paris, roman

Cet ouvrage a été imprimé
en juin 2013 par

27650 Mesnil-sur-l'Estrée
N° d'impression : 118646
Dépôt légal : avril 2013

Imprimé en France